メディアワークス文庫

ただ、それだけでよかったんです【完全版】

松村涼哉

十四歳で自殺した被害者Kの遺書。
『菅原拓は悪魔です。誰も彼の言葉を信じてはいけない』

悪魔の正体

悪魔のような中学生が四人のクラスメイトを支配し、その中の一人を自殺させた。

あまりに荒唐無稽な話だった。

わたしがそのニュースを知らされたのは十二月の上旬。一人暮らしをしている大学四年生のわたしに突如電話が届いて、母さんが涙ながらに告げてきたのだ。

信じられなかった。

まさか昌也が亡くなるなんて。


昌也は桁外れな中学生だった。

才能が無かったことをあげる方が難しいくらいの少年だ。

中学に入学後、まったくの未経験からハンドボールを始めるが、二年生になる頃には県大会の最優秀選手に選ばれるまでに上達していた。しかも部員を指導して、コーチ兼選手として弱小であった部を一年強で全国大会に導いたという。年上年下問わず誰から

悪魔の正体

悪魔のような中学生が四人のクラスメイトを支配し、その中の一人を自殺させた。

あまりに荒唐無稽な話だった。

わたしがそのニュースを知らされたのは十二月の上旬。一人暮らしをしている大学四年生のわたしに突如電話が届いて、母さんが涙ながらに告げてきたのだ。

信じられなかった。

まさか昌也(まさや)が亡くなるなんて。


昌也は桁外れな中学生だった。

才能が無かったことをあげる方が難しいくらいの少年だ。

中学に入学後、まったくの未経験からハンドボールを始めるが、二年生になる頃には県大会の最優秀選手に選ばれるまでに上達していた。しかも部員を指導して、コーチ兼選手として弱小であった部を一年強で全国大会に導いたという。年上年下問わず誰から十四歳で自殺した被害者Kの遺書。
『菅原拓は悪魔です。誰も彼の言葉を信じてはいけない』

も好かれる明るい言動で周囲を巻き込み、未経験者だらけのチームをあっという間に強豪校と渡り合えるようにしてしまった。

その才能は運動能力や指導力にとどまらず、学力もずば抜けていた。学力テストでは常に学年トップ、全国的にも有名な難関高校の入試問題もほぼ満点で解けてしまう。二年が始まる頃には中学全ての学習範囲を終わらせ、授業中は自習に励んでいたらしい。周りからは文武両道の天才として持て囃されていた。

『菅原拓は悪魔です。誰も彼の言葉を信じてはいけない』

それが昌也の遺書だった。

十二月の急激に冷えた朝、昌也はそれだけを残して自宅で首を吊った。十四歳の誕生日を迎えてから二週間しか経っていなかった。

昌也はわたしの弟である。唯一無二の大切な弟。

しかし母さんから聞かされた自殺の経緯は、あまりに納得できないものだった。

そもそもの発端は、今年の十一月。

『久世川中学で俺たち四人は、悪魔に支配されている』

ネット上の匿名掲示板にそんなSOSが投稿された。

そこにはあまりに残酷なイジメの内容が綴(つづ)られていた。

セミの抜け殻を食わされた。自慰行為を撮影された。万引きを強要させられた。両手を縛られた状態で一方的に殴られた。親から金を盗むよう命じられた。私物を泥まみれにされた。裸の写真を撮られ「ネットにばら撒(ま)く」と脅された——。

リアリティのあるイジメの描写に、多くの人が義憤に駆られたようだ。夜にもかかわらず数十人の人間が学校や警察に通報し、大きな騒ぎとなったらしい。

問題は「加害者は誰か」ということだったが、それは翌日に判明する。

二年一組の菅原拓という生徒が、昼休み、教室でクラスメイトの岸谷(きしたに)昌也を水筒で殴ったのだ。

ネットの書き込みを知って激昂(げきこう)したと、後に菅原本人が語っている。

『イジメは発明だ。心を満たす必要悪なんだ。お前らじゃ革命は止められないよ』

職員室に連行された際、菅原は楽し気に全てを打ち明けた。

二年の六月頃から五ヶ月間、岸谷昌也、二宮俊介(にのみやしゅんすけ)、渡部浩二(わたべこうじ)、木室隆義(こむろたかよし)、四人のクラスメイトを支配し、学外で虐げ続けていたこと。誰にもバレないよう隠し続けていたが、もう開き直ることにしたこと。

匿名掲示板にSOSを求めたのは木室隆義だという。

菅原拓の挑発的な態度に、大人たちは動いた。

学校は菅原拓に教室で謝罪させ、以降は彼を徹底的に被害者たちから隔離した。菅原に実質的な出席停止を命じ、停止明けは教室には一切入らせず保健室登校させた。被害者たちのために週一でスクールカウンセラーとの面談を行わせた。

母さんは学校側の反対を押し切って、被害届を警察に提出した。昌也のスマホを買い替え、菅原からの連絡がないか定期的に監視するようにした。毎日息子と会話するようにして、心の傷を癒すことに努めた。

動いたのは何も大人だけじゃない。詳しくは把握しきれていないが、生徒側も大きく憤った。菅原拓に対して私刑も行われたようだ。

とにかく、この間菅原拓は徹底的に監視され、昌也は保護された。

だが一ヶ月後、昌也は自殺した。

菅原拓はまさに『悪魔』だった。

何も分からないまま、葬式を終えた。

参列した二年一組の生徒たちは誰もが呆然としており、首の痕を化粧で隠した昌也の遺体の前で号泣していた。わたしは呆然と、震える母さんの背中を撫でていた。読経と泣き声が響く告別式の会場で、起こった出来事を受け止めきれないまま唇を噛んでいた。

母さんから聞かされた学校側の説明には、絶望しかなかった。

――『岸谷昌也君が菅原拓君のイジメを苦に自殺したかは、現状判断できません』

久世川中学の校長からハッキリと伝えられたという。

――『自殺の一ヶ月前にはイジメは止んでいました。他の要因も考えられます』

真実は今後調査によって明らかにするという。いじめ防止対策推進法に則り、第三者委員会を立ち上げて具体的な調査をする。昌也の件は「重大事態」というケースに相当し、再発防止に向けて専門家を交えて調査を始めるらしい。

問題はその期間だ。

――『調査には半年以上かかると思ってください』

聞いた瞬間、あり得ないと叫びそうになった。

現状、菅原拓は何の処分も受けていない。

傷害事件から一ヶ月間、見える範囲では菅原は昌也に何もしなかった。過去のイジメに関しても菅原拓は一切証拠を残さぬよう徹底していたために立件できなかった。水筒で殴った件についてのみ警察から厳重注意処分が下っただけ。

昌也の自殺が発見された際、学校に呼び出された彼は薄く笑ったという。

――『最後の最後までバッカみたい』

悪魔は制裁も受けず、のうのうと今も生きている。

「こんなのおかしいよ……」

昌也の死から五日後、家の近くの公園でさめざめと泣いた。

子供の頃、昌也とよく遊んだ公園。敷地の一角には小山があり、その中央には遊具がある。ビビッドカラーのプラスチックで組み立てられ、現代芸術のような派手な身なり。子供が好きな遊具を詰め込んだような集合体だ。

その頂上に立った時どうしようもないほど涙が溢れてくる。

あの頃に比べて、視点はとても高くなってしまったけれど、わたしがいる場所は紛れもなく昌也との思い出が詰まった場所だった。土と芝生とプラスチックに擦れたゴム、自分の身体を優しく包んでくれるのは、十数年前と同じ空気。

日が暮れるまで昌也と遊んだ思い出が蘇り、どうしようもなく身体が震えた。

「おかしいよ。だって、昌也は遺書を残していたんだよ……！　原因なんて明白じゃんっ。あの悪魔しか考えられないよ……！」

――『菅原拓は悪魔です。誰も彼の言葉を信じてはいけない』

昌也が残したメッセージは家族宛てではなかった。同じ文面を学校や警察、地元新聞社に郵送し、クラスのＳＮＳグループに書き残した。

決して揉み消されぬようにと願うような行動を想うと、感情がそのまま声になる。

「こんなの間違ってるよっ！」

全てが間違っているとしか思えない。学校も世界も菅原拓という存在も。

昌也は生意気なところもあったが、それでも可愛い弟だった。泣き寝入りで終わらせていいはずがない。菅原拓だけがヘラヘラ笑って生き延びていいはずがない。

絶対におかしい。

わたしは思うまま感情を吐き出して、一度深呼吸をした。公園の空気を肺中に取り入れ拳を握りしめる。

「徹底的に調べるんだ」

そう固く決意する。

事件を余すところなく解剖する。昌也に何があって、菅原拓が何をしたのか。昌也の無念を晴らしてみせる。あの事件をバラバラに切り刻む。

「待ってて、昌也。ダメなお姉ちゃんだったかもしれないけど、頑張らせてね」

わたしは夕暮れの公園に背を向け、歩き出した。


動き出したわたしは早かった。

当日の夜には、もう久世川中学校の応接室にいた。昌也の姉であるという事実を前面に押し出し、強引に押しかけた。

応接室の革張りソファに腰を下ろしていると、神妙な顔つきの大人たちがやってきた。藤本校長、そして昌也の担任教諭である氷納教員だ。

藤本校長は今年で五十八歳になるらしい。年齢の割には若々しい印象だ。黒々とした頭髪に加えて、筋肉質な身体をしていて大胸筋と上腕二頭筋がスーツを押し上げている。部屋に入ってくるなり深く頭を下げた。

対して氷納教員は、まだ若い男性教諭だ。大学を出て三年目の二十五歳。髪が短く切り揃えられ、爽やかな好青年に見えるが、しばらく眠れていないのか目元には大きなクマがある。すまなそうに肩を縮こめ、わたしに遠慮がちな視線を送る。

藤本校長は立ったままで「この度は我々の指導不足により」と長い謝罪を口にした。続くように氷納教員が頭を下げる。

なんとも言えない気持ちに駆られながら「座ってください」とわたしは促した。

「謝罪は結構です。ここに来たのは調査のためですから」

「調査に関しては、教育委員会の指導の下、専門家を交えて行う予定です」

一礼して腰を下ろした藤本校長が答える。

「遺族の方に申し上げるのは大変恐縮ですが、結果をお待ちいただければと」

「待てません」

わたしは強く言い切った。

「菅原拓が岸谷昌也を殺した――それ以上の事実がありますか？　昌也は彼の名前を書いた遺書を残して、菅原拓自身もイジメを認めている」

「その事実関係を今後、明らかにしていきます」

「菅原拓に聴取するだけでは？」

「それも含め、全校生徒のアンケート、被害者や加害者の家庭環境、交友関係の調査などを含めて多角的視点から調査する予定です」

「わたしたちの家庭まで調査対象なんですか？　失礼な話ですね」

「あらゆる可能性を考慮しなければなりません。どうかご理解ください」

調査、調査、と答えを先延ばしにする藤本校長。

立場上、そう発言せざるを得ないのは理解している。しかし、どうにも信頼ができない。過去のイジメ自死事件では第三者委員会がイジメの事実をアンケートで知りながら、自死との関連を明らかにしなかった事例もある。

「『菅原拓が昌也を殺した』という証明ができない限り、あの悪魔は反省もしない」

わたしは藤本校長に真っ直ぐ視線を送る。

「半年なんて時間をかければ、事実を隠蔽することだって可能ですよ。菅原拓も、そして、アナタたち久世川中学校側も」

学校の名前を出した途端、微かに藤本校長の眉が歪んだ。

「隠蔽とは？　具体的にどのようなご心配を？」

「『久世川中学独自の教育制度が人を殺した』――そう主張する人もいるそうです」

実は、今回の調査において菅原拓と同等に怪しい存在がある。

半年という長い調査期間を知らされた時、大きな違和感を抱いた。被害者と加害者は明確で、しかもイジメ発覚から自殺までの期間も短い。ここまでの調査期間が必要とは思えない。総務省のデータを見れば、一、二ヶ月で調査を終えた例もある。

――久世川中学の教員には隠し事があり、調査を遅らせたいのではないか。

そんな推測が頭を過った時、ある不気味な制度に行き当たった。

「だから、まずはこの制度についてご説明願えますか？　調査中ではないはず」

カバンからノートとボールペンを取り出し、彼らと向き合った。

わたしの調査はここから始まる。

「久世川中学の新教育制度『人間力テスト』とはなんですか？」

・・・

事件を追うため、今一度、久世川中学校を調べ直した。

全校生徒七百九十三人。地域三つの小学校の卒業生から成り立つ公立中学校だ。三十年以上前は校内暴力で荒れていたらしいが、今は落ち着いていて、名門高校に進学する生徒も多くいる。目立ったニュースはなく、ハンドボール部の躍進を除けば、地元新聞が取り上げるのは、せいぜい年末の町内美化活動くらい。

七年前はわたしも通っていたが、「普通」以上の印象はない。

ただ五年前、多くのメディアが取り上げたニュースがあった。

通称――『人間力テスト』の導入。

生々しさを伴った単語に肌寒さを覚え、詳しく内容を調べると鳥肌が立った。

『人間力テスト』とは――生徒同士で他人の性格を採点し合う制度だという。

・・・

「まず『人間力テスト』というのは、公式の呼び名ではありません」

藤本校長は滑らかに答え出した。

「我が校独自の『特別総合課外学習』が生徒の間で、そう呼ばれております」

「どういうものなんですか？」

「平成二十八年の学習指導要項では新たに『生きる力』という言葉で登場し、単純な学力だけでない多様な能力を尊重する学びが定められました。我が校でも主体的・対話的な学びを取り入れようと始まった制度です」

『生きる力』という言葉自体は聞いたことがあった。

既存の学力テストの成績だけでは推し量れない、能力。学んだことは発信できなければ意味がない。学習内容をまとめ発信し応用し、人生を豊かにする力のこと。

藤本校長は説明を続けた。

「ただし『生きる力』という発想には大きな問題があります。分かりやすい評定方法がないのです。教員の裁量に任せるだけでは評価基準が不透明すぎる」

「だから、この学校ではその問題を解決するために――」

「生徒同士で互いを採点する――それが『人間力テスト』と呼ばれる制度です」

いわく、人間力テストは二種類の質問事項で構成されるという。

『この時代、○○に重要な能力はなんだと思いますか？　以下から三つ選びなさい』

『同じ学年の中で、××を持つ人物を挙げてください』

○○にはリーダー、上司、人気者、などといった言葉が入る。リーダーに必要なものは何か？　友達になりたいのは何を持つ者か？　文化祭ではどんな能力を持つ者がいれば役に立つか？　将来、仕事で活躍するのに必要な能力は何か？　など。

××には、優しさ、真面目さ、外見の良さ、などが書き込まれる。

生徒は理想像やその理想に合った人間を書き込むのだ。「リーダーには勤勉さ、優しさ」「学年の中で、一番勤勉なのは山田加奈子、二番目は鈴木妙子」などと。

最後に点数化する。生徒が重要視する能力を持った人間ほど高得点。

これは各学期末に行われていて、上位二十名まで順位の公表はされるそうだ。もちろんそれ以下の生徒も、自身の順位を目の当たりにする。

自分という存在の点数を知る。

自分という人格の順位を知る。

「率直に言って」

説明を聞き終えると、わたしは大きく息を吸った。

「地獄みたいな制度だと思います。こんなの、あまりに残酷すぎる」

その感想を見越していたように、藤本校長は小さく頷いた。

「酷なのは間違いないでしょうね。しかし我々がどう主張しようと、世の中は人間力を尊重するよう移り変わっている。産業構造そのものの変化です。現代人は人との関わりなくして生きてはいけない」

「それはそうですけど……」

「香苗さんは今、大学四年生ですよね？　就活は御経験されましたか？　選考において学歴での選別はあれど、面接で重視されるのは個人の人格や資質だったはずです」

辛い就活を思い出させられ、口を噤んでしまった。

つい先日までリクルートスーツで歩き回っていた身だ。なんとか都内の企業から内々定をもらったが、何度も心が凍り付く体験をした。

同じインターンに参加した大学生が社員から仕事を与えられ、書類をコピーする仕事しか与えられない自分と比べてしまう時。二次面接で必死に大学時代のサークル経験を語ったわたしに向けられた面接官の冷笑。大量のお祈りメール。

思えば、自身の人格を丸ごと評価される経験の連続だった。

「就活だけではありません。今の若者とＳＮＳの関係は、語るまでもないでしょう。あれこそまさに自身の人格が数字で採点される世界です。注目を浴びようと身を滅ぼす者もいれば、ビジネスとして多大な成功を収める者もいる。自分を他人にどう良く見せるか――これからの時代を生きる子供が向き合う共通の課題です」

「だから中学校の教室から競わせるのが正しい、と？」

「時代の変化には、そもそも子供の方が敏感ですよ。この制度がなくても現代の中学生は、互いを格付けし合う。よく『カースト』と喩えられますね。教室でのランクを振り分け、下位の者を嘲笑う。制度の導入前から見慣れた光景です」

藤本校長はわたしの目を見据え、ハッキリと口にした。

「**人は他人の評価から逃げられない**」

まるで警句のように、言葉が重々しく響いた。

正直どう答えればいいのか、分からなかった。

実際、わたしが中学生の時から『スクールカースト』という言葉はあった。運動部が文化部を見下し、恋愛経験の有無で人を見下す。息が詰まるような教室の空気。

それを具体的に数値化するのが——人間力テスト。

率直に言えば、受け入れがたい。

だが、制度の是非を議論しても仕方がない。今確認すべきは事件のことだ。

「制度の趣旨はよく分かりました」

わたしは手にしたノートを持ち上げ、ペンを構え直した。

「凄く雑な把握をすれば、学年内の人気投票みたいなものですね」

「そう喩えられることは多いです。本来の意図とは異なりますが」

「なら、事件関係者の成績を教えてくれませんか？」

藤本校長は露骨に顔をしかめた。

個人情報に関わる要求だったからだろう。だが、昌也たちの学校生活を探る上で必要不可欠と理解してくれたらしく「他言無用でお願いしますね」と頷いた。

氷納先生、と促され、ずっと黙っていた男性教員が手元のファイルを捲る。

「二年生の一学期末の成績だけでよろしいですか？」

「はい」

「岸谷昌也君の成績は241人中1位です」

「1位。さすがですね」

「同じく被害者の三人。二宮俊介君は8位、渡部浩二君は14位、木室隆義君は17位。いずれも高成績です」

「友人の彼らも人気者だったんですね。菅原拓の順位は？」

「238位です」

告げられた答えが信じられず、ペンが止まる。

ほとんど最下位に近い成績ではないか。

イジメというと、教室の権力者が根暗で地味な者を虐げる構図をイメージしてしまう。中学や高校で何度か見てきた光景。しかし、昌也たちの関係は逆らしい。

わたしの疑問に同調するように氷納先生が「言葉を選ばずに言えば」と口にする。

「教室で誰にも認められなかった嫌われ者が、四人の人気者たちを虐げていた」

言葉を聞いただけではあまりに信じられない。

納得できない感情に急き立てられるように、身を乗り出してしまう。

「一体、どうやって？　暴力による支配でしょうか？」

「調査中です」

だが、藤本校長から冷ややかな拒絶の声が届いた。

話の腰を折られたような心地に唇を噛む。

「イジメは学外で行われており、学校側は認知できませんでした。十一月まで一切相談もなく、定期的に行われていたイジメアンケートでも報告はありません」

「十一月の時点で、昌也たちから話を聞いたはずでは？」

「『菅原拓が恐ろしかった』以上の説明はありませんでした」

「菅原拓はそんなにケンカが強い生徒だったんですか？」

「調査中です」

「本当に誰も認知できなかったんですか？　クラスメイトの一人くらいは」

「調査中です」

あくまでイジメに関する内容は語らない。

そんな藤本校長の意志がハッキリと見て取れて、身体が熱くなった。他人事のような態度が気に食わず、強く睨みつけてしまう。

しばらく沈黙が続いた時、助け舟を出すように氷納先生が「あの」と口にした。

「現時点で話せる情報は二点ほどあります。過去にあった報告です」

それを早く言ってくれ、という気持ちを堪え「お願いします」と頭を下げる。

氷納先生は小さく頷き、ハキハキと口にし出した。

「二年生の五月、昌也君の体操服が切り裂かれている事件がありました。昌也君本人や保護者と話し合い、学級会を開きましたが、結局犯人は見つかっていません」

「……なるほど。ただ、菅原拓のそれとは時期が違いますね」

「そして、もう一点。今年の十一月、傷害事件の四日後です。昌也君の靴箱に大量の虫の死骸が入れられていたとクラスメイトから報告がありました」

「それは菅原拓が？」

「本人は否定していました。事実、彼は当時保健室登校をしていて、昇降口に近づくタイミングはありませんでした。別の生徒かもしれません」

ようやく手掛かりになりそうな情報が手に入り、すかさずメモする。

だが、これ以上の長居は無駄だろう。何を聞いても答えてくれなそうだ。

「最後に――」

わたしはノートを閉じた。

「――菅原拓は今、何をしているんですか？」

事件の解明というより興味に近い質問だった。

氷納先生が首を横に振った。

「学校には来ておらず、在宅かも不明です。保護者とも連絡が取れていません」

「そうですか……」

「ただ昨日、私のところにメールが一通届きました」

氷納先生はスマホを取り出し、画面を見せてくれた。

「──『これは革命だ。革命はまだ終わらない』と」

かなり意味深な言葉が一文だけメールに記されている。

まだ終わらない、という表現に目を瞠った。まだ先があるのか。

「とにかく昌也君の自死にはまだ不明なことが多いのです」

藤本校長が対話を打ち切るように口にする。

「これ以上は調査結果をお待ちください。久世川中学には、突然の友人との別れに心を痛めている生徒も多くいます。独自の調査などはお控えください」

立ち上がり、改めて深く頭を下げた藤本校長。

どうやら『余計な真似をするな』と強く念を押されているらしかった。

・・・

時間が経っても混乱が広がるばかりだ。

大手マスコミは、昌也の自殺直後から事件を扱っているが、どれもありがちなイジメに関連する自殺の報道だ。学校を批難し、コメンテーターが自身の体験談を語り、遠足の集合写真で照れくさそうに友人と肩を組む昌也を家族の許可なしに報道する。心に土足で踏み込まれるような心地がするだけで、なんの慰めにもならない。

ネットは大きく盛り上がりを見せていたが、彼らの目的は事件の解明ではなく、基本、菅原拓への中傷だ。罵詈雑言、少年法の域を超えた厳罰を望む声、私刑の扇動。菅原拓の個人情報は晒され、自宅前まで押しかけるYouTuberも出てきた。彼の小学校の卒業文集は内容の稚拙さと相まって、格好のオモチャになっている。

もたらされる情報の洪水は何の救いにもならなかった。

・・・

「あぁ、何も分からないっ！　なんなの、あの妙に胡散臭い態度は⁉」

家に帰ったわたしがまず一番にしたのは、とにかく叫びまわることだった。カバンを投げ捨て、コートのまま二階に駆けあがる。昌也の部屋に飛び込んで、ベッドに倒れ込む。畳水泳のように足をバタバタさせる。

藤本校長たちの態度は明らかに何か隠しているように思えた。誠実なフリを装っているが、明確に一線を引いている。あまりに気味が悪い。

ひとしきり喚いてストレスを発散させると、枕から頭をあげて冷静に思考を回す。

とにかく久世川中学校が特別な環境だったことは理解できた。

ならば、次にやることは一つ。

「クラスメイトに事件のことを聞こう」

真っ先に思いつく事件解明の近道だった。むしろ避けては通れない。

「まぁ、藤本校長からは『生徒を刺激するな』って言われたけどね」

正直、気は進まない。

藤本校長の忠告に憤りは感じるが、当然の配慮だ。自分が生徒なら、突如昌也の家族を名乗る人物に「事件について教えてくれ」と迫られるのはかなり怖い。

小さく呻きながら、ベッドで寝がえりを打つ。

昌也の机に置かれたスマホが目に入った。

「……そういえば、ＧＰＳの履歴とかは調べたのかな？」

ふと思いついた。

彼のスマホは、遺体発見後に一度警察が持っていった。データの復元ソフトも使い、ＳＮＳやデータフォルダなどを確認したという。だが誰かに自殺を教唆された事実もなければ、菅原拓が行ったイジメの証拠もなかったようだ。すぐに返却された。

でも、当時の昌也を知る情報の塊には変わりない。

わたしはベッドから跳ね起きて、すぐさまスマホを起動させた。

「地図アプリの履歴や検索履歴を見れば……昌也の行動は分かるよね」

地図アプリはあったが、残念ながら履歴の保存機能はオフになっていた。

続けて検索履歴を見る。当時の彼の関心を知るためだ。勉強やハンドボールに関するサイトがほとんどだ。あるいは久世川市周辺のデートスポットを探している。稀にアダルトサイトもあったが、男子中学生なら当然だろう。

昌也のプライベートを探る行為に罪悪感を抱くが、これればかりは仕方ない。

わたしは罪悪感を堪えながら、前へ前へと遡っていき、そうすると――。


『録音　バレずに』


そんな文字が目に飛び込んできた。

『録音　隠密』『録音　グッズ』『録音　ペン　購入』

身体が硬直した。

繰り返し続いていた検索ワードと、それに付随するサイト。日付を見れば、六月の中旬。菅原拓によるイジメが始まったとされる時期だった。

「昌也……」

菅原拓の残虐な行為を必死に記録しようとした弟の姿が思い浮かんだ。弟はどんな想いでこれらを検索したのか。菅原拓に少しでも抵抗しようと必死だったのではないか。

堪えきれない悔しさに唇を強く嚙んだ。

全てが知りたかった。

人間力テスト——生徒同士で順位付けし合う教室で、何が生まれていたのだろう？

どうして昌也は自殺したのだろう？

菅原拓は一体何者なんだろう？

やはり気後れなんてしている暇はない。

事件の核心に近づくために、わたしは『秘密兵器』に協力を頼むことにした。

ダレモシラナイ

僕とキミが一つになれる手段は多くない。

別に能力が特別というわけじゃない。思想が特別というわけじゃない。ただ、あまりに愚鈍なだけだ。キミじゃなく、僕が。

あの狭い教室の隅で、僕は何かに集中することもなく空間を眺め、それで一日を終えていく。誰かに話しかけられることはない。僕だけが世界から取り残されたように。

チャイムは勝手に鳴っていく。朝はみんな昨晩バズったコンテンツの話で盛り上がり、昼間は美味しそうに給食をつつき、夕方は帰りに寄るファストフード店の場所を決める。すべて、僕を除いて。

僕はヒトリボッチだ。机も、黒板も、筆箱も、制服も、カバンも、教科書も、体操服も、ノートも、すべて僕とは違う世界の住人みたい。

だから、僕を嘲って欲しい。

それで僕とキミは一つになれるから。

今から語るのは、僕の情けない話。

十四歳なんてみんな馬鹿みたいなものだけれど、僕はとびっきりだ。

だから、僕の失恋を、挫折を、どうか蔑みながら見て欲しい。情けなくてみっともない、自虐趣味が生きがいの、冴えないクズのちっぽけな革命戦争。

僕の名前は菅原拓。

・・・

僕だけが知っていることがある。

友達がいないと、学校というのは果てしなくつまらなくなる、ということ。

だから、僕は教室で一人、陽の当たる窓際の席でクズの思考を続ける。

今日の脳内会議の議題は「世界で一番不幸な人間と、世界で二番目に不幸な人間、どっちになりたい？」だった。

二秒で決着。満場一致で「世界で一番不幸になりたい」だった。

だとしたら不思議な話。世界で一番不幸な人間は、案外、世界で二番目に不幸な人間？　なんだかヘンテコなパラドックス。実は、不幸は酷ければとことん酷いほどいいのかもしれない。

アフリカの子供たちのためにはみんな募金をするけれど、全世界の誰一人として僕に募金なんかしないのだから。

日本の中学生が、勉強も運動もダメで、彼女なんてできるわけがなくて、毎日家族含めて誰とも話さずに生活する程度の不幸じゃ誰も見向きもしない。

どこにもいない存在として。

教室の中で「空気」としてしか生きられない僕には、誰も愛を注がない。

だから、僕はアフリカの飢えた子供たちに勝手な逆恨みをしている。彼らの過酷な生活を理解しても、彼らが誰かに愛をもらっている事実が羨ましいのだ。全世界中探しても、僕に愛を注ぐ人間はどこにもいないのは紛れもない事実だから。

もちろん、理解してくれなくても構わない。所詮は、頭の悪い中学生の戯言だ。

ただ、十月、僕の思考はこのようにクズっぷり全開だったということ。

だから、人間力テストでワースト4位を取るのだろう。

僕が石川琴海さんと会話したあの日。

あの事件が起きる二ヶ月前のこと。


教室の空気は、常に湿っぽい。特に久世川中学二年の十月は。

気づけば中学生活も半分終わり、高校受験の影が見え始める時期。部活にひたむきな情熱を捧(ささ)げる生徒たちも、内申点という現実を捉え直して授業態度を改める。勉強は後の頑張りでどうとでもなるが、内申点は日々の頑張りが物を言う。

——人間力テストの成績が内申点に影響を与えるらしい。

あくまで噂(うわさ)だ。学校は決して認めない。それでも先輩たちは口を揃えて同じことを言うようだ。人間力テストを軽視するな、と。

だから総合学習の時間、クラスメイトは少しでも自己アピールの方法を模索する。

週に二回、クラス毎(ごと)で四人組を組み替えて、簡単な課題に協力して取り組む。「新しい国民の祝日」、「オリンピックの銅メダルに次ぐ新たなメダル」から、「バレンタインに代わる新たな商業的イベント」などなど雑談のネタにもならないテーマを、クジで決められた四人で議論し合い、出た結論を授業の最後に発表する。

クズの僕にとっては心底、どうでもいい時間だった。

だから、同じ班のクラスメイト三人が議論している「久世川市の新しい観光施設」というテーマに、僕はほとんど参加しなかった。なにか話題を振られても「場合によるね」「どうだろうね」としか言わない。いるだけ迷惑なクズムーヴ。

優等生の瀬戸口観太(せとぐちかんた)君は最初こそその品行方正スマイルと共に何度も僕へ話題を振ったが、やがて諦めるように無視し始めた。不良気質の津田彩花(つだあやか)さんは最初から僕と同じ班になったことを不運であるかのように毒づき、時折睨んできた。

「なぁ、菅原。お願いだから、なにか発言してくれよ」

最後に瀬戸口君が僕に呆れた口調で言う。

「俺、菅原と残りの中学生活、一切議論せずに終わりそうだ」

僕は「ごめん……」とだけ返した。

案の定、津田さんが「いいよ、観太。こんな奴、放っとけよ」と苛立ちを口にする。気の強い津田さんに圧されて、瀬戸口君はしぶしぶと別の話題に議論を変えた。

ごめん、と今度は本心からこっそり謝る。こんなクズに気を遣わせてごめん。

結局、僕らの班の結論は「ＳＮＳ映えを意識した図書館」というどこかで見たパクリみたいな発想を、そのまま瀬戸口君が無難に発表した。

クラスを最も沸かせたのは昌也の班が発表した「廃線と廃校を利用した、新しいツアープラン」だった。お調子者の二宮君が「観光名所じゃねぇじゃん」と野次を飛ばしたが、昌也は飄々と「景観全てが名所になるんだよ」と反論する。二宮君は「なんだそれ」と長い前髪を乱したリアクションを取ってクラスに笑いを起こした。そんな二人のやり取りを津田さん含む何人かの女子が目をきらきらさせて見つめている。

何の生産性もない、グループワーク。穴を掘って埋める方がマシ。

僕は昌也を眺めながら「偽善者め」と毒づいて、終業とともに教室を後にした。

僕が暮らす久世川市は片田舎という他ない。

駅前より町を分断する国道沿いの方が賑(にぎ)わっていて、その国道に最近サイゼリアが出店したことが近年最大のニュース。町の偉人は、昭和に桃の品種改良を成功させた人。その桃だって岡山や福島の方がずっと美味しい。至る場所に果樹園が広がっていて、夏は腐った桃が捨てられ、甘ったるい匂いを撒(ま)き散(ち)らしている。

石川琴海さんと話したのは、放課後にそんな町を歩いていた時。

学校から県道沿いのバス停まで歩きながら、イヤホンでYouTubeを垂れ流す。流すのはVTuberの配信の切り抜き。イヌミミ美少女がＦＰＳをプレイしながら騒ぐだけの実況動画。好きでもないけれど、多少の暇は潰せる娯楽。

「菅原君」と突然、背後から名前を呼ばれた。

最初は聞き逃した。普段グループワーク以外で名前なんて呼ばれない。僕も周囲に気を配らない。自分以外はみな背景。だから二度目に「菅原君」と声をかけられた時に肩を震わせ、慌ててイヤホンを耳から抜いた。

振り返ると「そんなに驚かなくても」とくすくす笑う女の子が立っていた。

クラスメイトだ。石川琴海という。セミロングの艶(つや)やかな黒髪の持ち主で、溌剌(はつらつ)とした雰囲気のある子。いつもクラスの真ん中で、上品に笑っている。そんな彼女が僕の目の前で、ガラスでも見つけた子供のように無邪気な微笑み（ほほえみ）を浮かべている。

「え、あ、なに？」

激しく、つっかえながら僕は聞いた。情けない声！

石川さんはからかうことなく、はにかんだ。

「さっきのグループワーク、お疲れ様です。菅原君の『デッカイ道の駅』という案、良かったと思うんですけど、みんなの反応悪かったですよね。怒っちゃいますよね」

まるで僕と友人かのように他愛もない雑談をしかけて、バス停の方に歩き出す。

なんで、この人が？

確かに、あの班には僕と瀬戸口君、津田さん以外にもう一人、石川さんがいた。途中何回か「ディズニーランドを誘致しましょう」だの「もしくはＵＳＪ」だの実現不可能な回答ばかりしていた記憶があるけども。

議論に参加する気のない僕と頓珍漢な発想を言い続ける石川さんと同じ班になった瀬戸口君たちには、そんな資格もないけれど同情せざるをえなかった。

「いや、道の駅って既に国道の方にあるから」

ここまで話しかけられて無視するわけにはいかず、ぼそぼそと返答した。

石川さんは目を丸くしたのちに「……それは盲点でした」とコメントした。

「え。でも、だったら菅原君はなんで『道の駅』なんて提案を？」

無論ただ手を抜いていただけだ。

自明なので答えないでいると、彼女は僕がいまだ握りしめているイヤホンに着目して「今は何を聞いていたんですか？」と話題を変えてきた。

「……」

僕は爪が手のひらに食い込むほどに手を握り込んでいた。ほとんど無意識の警戒態勢。意図が分からなかった。いつもクラスの中心にいて動画配信者やネットの恋愛漫画の話で盛り上がっている人が、僕みたいな陰キャと雑談を続ける理由が。

罰ゲームだろうか、と勝手な想像を膨らませていると、石川さんはその理由が見当つかないといったように不思議そうに首をかしげた。

車が勢いよく通る県道沿いで、僕らは何故か黙り合ってバス停に歩いていた。

「……単純に、話してみたかっただけです」先に沈黙を破ったのは石川さんの方だった。

「わたしは菅原君に弟子入りしたくなったんですよ」

「はぁ？」

「師匠と呼びたくなったんです。よろしくお願いします」

まったくノリについていけなくて戸惑う僕に構わず、石川さんは僕の正面に回り込むと頭を深く下げてきた。きれいなうなじがよく見える。なんだこれ？　女子の間で流行っている遊びなんだろうか？　全然分からん！

「お、お願いだから、頭をあげて」

誰かに見られたらあらぬ誤解をされそうだ。僕が精一杯頼み込むと、石川さんは困る僕がおもしろいのか笑いながら身体を起こす。

僕は今年一番と豪語できるほど深い溜息を吐いた。

「一体全体、どういうことなのさ……」

「だって菅原君は凄い人ですから」

「凄い？」

「さっきのグループワークもそう。ずっと堂々と孤高を貫き通していますよね。他人の目なんか絶対に気にしない感じで。教室でも常に一人で。一匹狼ですね」

「単に友達が少ないだけだよ」

我ながら酷い返し。けれども真実。

石川さんは「確かにちょこっと友達も少なそうですが」とフォローして笑う。

「そういうことでもないんです。そもそも友達が欲しそうでもない、というか。他人に媚を売ることもないじゃないですか。クールでカッコいいですよ」

なんて大雑把な褒め方、とさすがの僕も思わなかった。

褒められるなんて一年に一度もない。胸が躍るのが分かった。ということは——。

「別に僕だって他人の評価を気にすることはあるよ」と小さく溜息を吐いた。

「たとえば？」と石川さんが訊いてくる。

「現に、今『カッコイイ』と褒められて、すっごく浮かれているしね」

哀しくなるくらい単純な男子中学生だった。

そう告げると、石川さんはおかしそうに噴き出した。それから僕の胸を軽く拳で突いて、僕をよろけさせてから言った。

「そういう見栄を張らないところが違うんです。だから――菅原君が羨ましい」

どういうことか、と尋ねようと思ったが、そこで石川さんのスマホが鳴った。

メッセージが届いたようだ。彼女は素早く通知欄をチェックすると「あ、ミキに呼ばれました」と口にした。確かクラスメイトの名。彼女は交友関係も広いのだ。

「弟子入りはまた今度、お願いすることにします」と石川さんは手を振って、学校の方に走り出そうとした。「ご検討のほど、よろしくお願いします」

本当になんなんだこの人、とツッコミながら、自身の気持ちに戸惑っていた。

なんとなく石川さんと別れることが物足りないような、でも、ほっとしたような落ち着かない感情。加えて慣れない人と会話をする疲労もセットだ。

とにかくバス停に急ごうとした時、石川さんが「菅原君」と振り返る。

「……なに？」

「もしよければ、次の人間力テスト、わたしに投票してくれませんか？」

口の端が微かにあがった、半笑いの口元。

あぁ、と納得の息が漏れる。それがわざわざ僕みたいな男に話しかけた理由なのだろう。根暗な男子を適当に持ち上げ、巧みに歓心を買う。

つい見つめ返していると、石川さんは冗談めいて微笑んだ。

「――なんて言ったら、本気にします？」

「安心する」

そうじゃないと僕に話しかける理由がない。

むしろ腑に落ちたくらいだ。

僕が告げた答えに石川さんはしばらく目を開け、呆然と固まっていた。

やがて「そんな訳がありませんので、またお話ししましょうね」とイタズラっぽく笑って、道の向こうに消えていった。

・・・

小学生の頃、名前を忘れてしまったけれど、僕はクラスメイトに「一緒に帰ろうよ」と声をかけたことがある。

返ってきた言葉は「お前に近づきたくない」だった。

石川さんは決定的な勘違いをしている。僕なんかを羨ましく思ってはいけないのだ。確かに僕は他人の視線なんかどうでもいい。そんなもの、毛ほどの興味しかない。毛ほどの興味はあるけれど、早い話、その程度だ。

しかし、僕がこうなった理由を彼女は知らない。何も知らないのなら、彼女も僕のことを「クズ」と呼べばいいのだ。決して仲良くなろうとしてはいけない。

席替えの知らせが届かなくても、体育で誰ともペアを組めずとも、文化祭の打ち上げに誘われなくても、女子に名前を覚えてもらえなくても、グループワークで誰からも仕事を頼まれなくても。

そんな中でも、クズでも、238位でも、他人の視線さえ無視すれば、のうのうと生き延びていけるのだから。

・・・

《ハロー、聞こえているかい？》というメッセージが夕方に届いた。

家に帰ると、僕は深夜まで一人になる。父は既に離婚し、もう連絡も取れない。母は日中何をしているのかはよく分からない。無職だ。行政から福祉支援を受けている。昼間はパチンコ屋に居座っているか、マッチングアプリで男を漁っている。加えて僕には兄弟も姉妹もいない。家では常に一人。学校でもそう変わらないけれど。

小学生の頃、よく周りの大人たちから心配されてきたが、むしろ憐れまれる方が鬱陶しい。一人の夕食というのもこなしてしまえば、案外、慣れるのだ。

カップラーメンに卵と冷凍ネギを割り入れて、お湯を入れる。三百六十五日繰り返している、僕の特製晩御飯。

それから八畳の散らかったダイニングで、パソコンを起動させる。何世代も前の、母が誰かから譲り受けた型落ちＰＣ。それでVTuberの配信の切り抜きを眺める。いつもの通りの平日だ。

ぼんやり眺めていると、突如ポコンと間抜けな音がパソコンから鳴った。チャットアプリを起動させると、やっぱりソーさんからのメッセージだった。やけに明るい文章がチャットに書きこまれていた。

《お久しぶり。最近はどうだい？　生きている？》

僕はカップラーメンの容器を置いて、返信する。

「生きていますよ。ソーさんの方こそ大丈夫？」

《いやいや、私の話はいいよ。キミが今日学校で何があったかを聞かせてよ、楽しいこ

とや困っていること、なんでも聞きたいな》

いつも通りの言葉だった。

かれこれ半年以上連絡を取り合っているが、ソーさんは決して自分のことを語ろうとはしなかった。性別も年齢も職業も不明だ。

男か女かは分からないが、とりあえず彼は、学校のパソコンの実習授業の際に知り合った相手だった。週に一回ある情報教育の授業中、サボってネットサーフィンをしているうちに飛んだ匿名のチャットルームにいた。

向こうから話しかけてくれた。何回か会話をかわすうちに意気投合した。

彼はとにかく人の話を聞きたがる性分だった。

いつも通りソーさんに今日の学校生活を話す。語れるほどの特別な出来事と言えば、石川さんのことしかない。本名は出せないのでIさんと命名。

《Iさん、か。彼女とのエピソードで明確になるのは、やはりキミという存在のカッコ悪い中途半端っぷりだねぇ》

パソコンに書かれたのは、容赦ない毒舌だった。これもいつも通り。

《ヒトからどう思われようが、動じない。そんなクズを装っているにもかかわらず、たかが同じクラスの女の子に話しかけられた程度で舞い上がっている。結局、キミは普通のエロ男子中学生ということか。あぁ、情けない、情けない》

「うるさいですね。僕は元々普通のエロ男子中学生ですよ」

《確かに。いつものことだった》

「わざわざ言わないでください」

《とまれ重要なのはキミの気持ちだ。キミはIさんのこと、どう思った？　いいや、言わなくても想像がつく。妄想しているんだな？　あぁ非モテは恐い。少し優しくされたら、すぐに調子にのりやがる》

「…………」

その文章を三回黙読し、そして一回だけ音読したあと、椅子から立ちあがって、コップ一杯の麦茶を飲んだ。それから洗面所へ行ってから、蛇口を全開まで捻って、大量の水で顔を洗っていく。

理由は単純、動揺を隠すため。

ソーさんの推理はほとんど当たっているからだ。コンチクショウ。菅原拓という生物は行動が読みやすいものらしい。なんて簡素な生態なのだろう。ミドリムシか？

仕方なく開き直って「文句あっか？」という文章を打ち込んだ。

ソーさんの返事はすぐに返ってきた。

《なんだ、その軟弱な精神は。キミのクズっぷりはその程度なのかい？　正真正銘の美しきクズになるような勇気もない。他人に罵倒されても媚びず、可愛い女の子には平手

打ちをかまし、金と権力だけ卑しく集めて、貧乏人どもを踏みにじるような》
「それのどこが美しいんです？」
《全部》
「マジか」
《キミが心配なんだよ。女子に好かれたいのか、好かれたくないのか、どっちなんだ。一生、ニヒル気取って酸っぱいブドウを睨んで生きるのかい？》
「言いたいことは分かりますけど。いや、実は半分も理解できないけど」
《そう、半分だ。もう中学生も半分終わりなんだ。なにか悩みでもあったら、私はいつでも相談に乗るよ。だから、キミも自身の生き方を考えてみたらどうだい？》
「むぅ……」
自分の生き方なんて言われても、正直返答しようもない。
画面を睨みつけながら考える。けれど、なんと返していいのか思い浮かばず、仕方なく「そういえば、ソーさんって何歳なんですか？　高校生？　社会人？　やけに上から目線ですけど」と話題を変えてみた。
《呆れた。逃げるかい》返答はすぐにきた。画面から溜息が聞こえてきそうだ。《クズに徹することができないなら人と向き合え。中途半端なクズもどき少年》
質問をはぐらかし、ソーさんはチャット画面から消えていった。

逃げてんのはどっちだよ、と誰もいない部屋で冷めたカップラーメンを啜る。

・・・

ときどき昌也ならどう思うのか、と考えるときがある。

あるいは、尋ねてみたら、どんなアドバイスをくれるだろうか？

もし叶うのならば教えてほしい。

同盟相手であるこの僕に。

・・・

それは二週間後のことだった。

この現象に何か名前がついていないのだろうか？　多くの人間が経験したことがあるはずだ。なにかの拍子で知り合った人と、絶対に今まで会ったこともないはずなのに、遭遇頻度が格段にあがる現象。

とにかく、石川さんに再び出会った。

彼女は涙を流していた。

意外に思われるかもしれないけれど、僕は放課後、月に二回くらいの頻度で町外れにある小さな科学館に行く。毎日無料で上映されるプラネタリウムを見るためだ。上映内容は年中変わらないけれど、小学生だった頃からの習慣。

別に星に興味はない。星座盤の使い方さえ忘れてしまっている。

単純にプラネタリウムが好きなのだ。理由を聞いてはならない。どうせ突き詰めれば、僕特有のクズ思考に繋がるかもしれないから。

このドームにいる間だけは、なにもかもを忘れていたいのだ。

忘れていたいという願望さえ忘れていたいのだ。

だからプラネタリウムの中で石川さんを見かけたのは完全な偶然。

石川さんは映写機を挟んだ向かい側にいた。上映中に気がついた。科学館はほとんど人気がないので、観客は極端に少ない。館内には僕と石川さんしかいなかった。小さな半球体の天井に映し出される無数の星が、僕ら二人だけを包んで廻っていた。

天の川は彼女の真後ろへと流れていき、彼女の顔を照らした。

石川さんの顔でなにかが光ったように見えた。

僕はその正体をぼんやりと考えて、答えに辿り着いたときに上映は終わった。

「どうして泣いているの？」

幸いつっかえることなく言葉は出た。

石川さんもどこかのタイミングで僕に気がついたのだろう。特に驚いたリアクションを取ることなく「泣いていません」と真剣なまなざしで答えた。

意味不明だ。

なにせ涙がぼろぼろ溢れて、頬を流れている。よく否定できたな。

「どう見ても泣いてない？」

「みまち、がいです」

「プラネタリウムの神様に誓って？」

「もちろん、ですとも」

けれど、頑なに彼女は認めようとしなかった。両手の拳をぐっと握りしめて、両膝に強く押し当てながら震えている。

先に折れたのは僕だった。石川さんの涙を証明したところで得るものはない。結論、石川さんは泣いていない。それでいいじゃないか。あぁ素晴らしき世界。

僕は観客席から立ち上がって、映写機の周りを回るように彼女の方に歩いていく。それからカバンから一枚の板チョコレートを取り出して、差し出した。

「泣いていると誤解したお詫び」

我ながらもう少し気の利いたセリフは言えないものか、と呆れてしまう。

石川さんの反応は無言で、ただ僕からチョコレートを受け取った。

それを見届けると僕は踵を返して、いち早く上映場所から離れることにした。珍しいことをしたもんだ、と顔が熱くなる。

右手が誰かに摑まれた。指先からあたたかな体温が伝わってくる。

振り向くと、石川さんは瞳に涙を溜めながらじっと見つめていた。それから、とても小さい、幽霊みたいなか細い声で何かを言った。一度目は聞き取れなかった。

無音のドームの中で、やがて彼女の声が響いた。

「わたし、本当に菅原君が羨ましいです……」

嘘だ。

僕はすぐに理解できた。そんなの嘘なのだ。なんとなく呟いてみただけの言葉なのだ。僕みたいなクズに石川さんが憧れるわけがない。全世界中の誰一人、アフリカの子供たちに多額の募金をする人だって、僕には愛を与えない。

きっとソーさんに笑われる。これだからクズは単純だって。

けれど——と息を吞む。

プラネタリウムが映し出した星空がいまだ脳裏に焼き付いている。

星たちの関係を人が勝手に「星座」と呼んだように、教室にいるだけの僕たちを世界は「クラスメイト」と呼んだ。隣り合って見える星同士が実は何億光年も離れているように、同じ教室にいる僕たちの心の距離は無限に遠い。教室で演じられる人間関係は、プラネタリウムの星空のように一見美しいだけの虚構の世界だ。
それでも僕は彼女と無関係ではいられない。

人間力テスト238位。
誰からも、人格を認めてもらえないクズ。
そして、そんな僕を泣きながら『羨ましい』と告げる石川さん。
町外れのプラネタリウムで行われた、僕の人生を大きく変えたイベント。
全ては岸谷昌也が亡くなる一ヶ月半前の出来事。
一体、僕は何を選ぶのか？

では秘密兵器の出番である。

だから、わたしは「さよぽん、さよぽん」とひたすらスマホに連呼して、メッセージを送っていた。数十回くらいは送っていると思うけれど、なかなか反応が返ってこない。最低百回は続けておきたい。

「さよぽん」こと紗世（さよ）は、わたしの幼馴染（おさななじみ）だ。小中高まで一緒の学校に通い、勉強に苦しむわたしを何度も救ってくれた親友。大学で東京に行ったわたしとは違い、彼女は地元大学の教育学部に進学して、久世川市に残り続けている。

昌也が亡くなった時は一年ぶりに連絡をくれ「時間がある時、声だけ聞かせてくれ」という慰めの言葉をかけられたので、早速頼ることにした。

《うるせぇな！　呪いみたいなメッセージを残すな》

百回までさよぽんを唱えたところで、やっと向こうから電話がかかってきた。普段通りのガサツな声だ。

《なんだ？　スマホがバグったと思ったわ。要件くらい――》

「さよぽん、聞いて、さよぽん」

《無視か》

「わたしの弟の事件は知っているでしょ？　それを今、自分で調べているんだけど」

そこから、マスコミや親から聞いた情報などを全部紗世に伝えた。もちろん話す前にこれまで手に入れた情報は、一通り整理している。事件の時系列は次の通りだ。

五年前　：藤本校長らにより久世川中学に人間力テストが導入される。
今年5月：昌也ら二年生。昌也の体操服が切り裂かれる。
今年6月：菅原拓が、昌也含むクラスの人気者四人らをイジメ始める。
今年11月：匿名掲示板の書き込み、拓が教室で昌也を水筒で殴りイジメ発覚。
　　　　　学校は厳重に対処。拓は保健室登校に。
　　　　　これ以降、拓と昌也らは一切接触なし。スマホ含め完全に監視下。
　　　　　ただし昌也の靴箱に、一度だけ虫の死骸が入れられる。
今年12月：昌也、自殺。遺書に「菅原拓は悪魔」。

話していくうちにわたし自身も混乱する内容だったが、紗世はすべてを聞いた上で、なんて言ったらいいのか、と呆れたように言った。

《事件云々の前にもっと話すことはないのか？　私はさ、どういう立場でお前に話しかけようかずっと頭を抱えていたんだぞ？》

「大丈夫だよ。今はそれよりも事件の真相が知りたい」

《ずっと塞ぎ込んでいるよりいいけどな。少し安心したよ》

「とにかく、さよぽんの見解が聞きたいな」

　そう伝えてみたが、電話口からなかなか返答がなかった。なんだか向こうも悩んでいるみたい。憂鬱な息遣いが聞こえてくる。

《あくまで第三者の無責任な感想だからな？》

　そう前置きしてから紗世は言う。

《普通に考えれば、菅原が昌也たちをイジメていた可能性は低いんじゃないか？》

「……どういうこと？」

《怒るなよ？　ただ昌也が、たった一人の中学生にビクビク怯えていたとは思えないだけだよ。黒幕は他にいるんじゃないか？》

「黒幕説か。可能性としてはあるけど」

《今年の十一月、昌也の靴箱に入っていた虫の死骸。拓じゃないなら別の人間がいるはずだ。その黒幕が別にいて昌也を虐げていたと考えるのが普通じゃないか？》

「うん。ただ、それだとおかしいことがあるんだ」

悪くはない推理だと思うけれど、妙な点が残る。

「黒幕がいた。だったら昌也の遺書にはなぜ菅原の名前しかないの？」

紗世が悩まし気な声を漏らした。

そう、だから難しいのだ。昌也でさえ黒幕の存在が見抜けなかったという可能性を除けば、このイジメは菅原拓という「一人の少年」のみで行われたことになる。自殺までの一ヶ月間、徹底的に監視されていた中学生によって。

わたしはどうしようもない行き詰まりに髪をかきあげた。紗世も同じようで態が唸るような苦悩の声が電話先から漏れてくる。

《やっぱり分からんなぁ。なぁ、昌也以外のイジメ被害者の三人からの聞き取りは学校も済ませたんだろう？　二宮、木室、渡部。コイツらはなんて話したんだ？》

「氷納先生には『菅原拓にイジメられていた。傷害事件後はよく分からない』としか言わないみたい。なにかに怯えるように、本当にそれだけしか言わないんだって」

《……何か隠してねぇか？　それ？》

「相談したいのは、まさにそこ」

紗世は理解が早くて助かる。

わたしはスマホを持たない右手で指を鳴らした。

「正直ね、藤本校長や氷納先生の証言だって全部信頼できないんだよね。凄惨なイジメを全く学校側が把握していなかったなんてことあると思う？　結局、教室内部の誰かに尋ねるしかないんだよ。ねぇ、紗世ならなんとかならない？」

《なんとかって？》

「紗世なら誰かと会えない？　昌也のクラスメイト。二年一組の生徒に」

完全に人任せになってしまうが、頼れる相手は他にいない。わたしが直接動くと絶対に生徒は身構えるだろうし、そもそも後輩の伝手などない。

その点、紗世は多くの人脈があるはずだ。ゆえに私にとっての秘密兵器。

だが、紗世からの返事はどうにもハッキリしない。

《……いや、別に特別な伝手はないよ。期待されてるところ悪いけど》

「そこをどうにか」

《そうだなぁ。後輩の後輩を辿っていけば、可能性はあるかもしれんが》

紗世は言葉を切り、黙ってしまった。なにやら長考タイムに入ったようだ。時折、彼女は完全に沈黙して、自分の世界に入ってしまうことがある。大抵、話しかけても届かないので、しばらくスマホのカバーを弄んで暇を潰す。

少しの時が流れたあとで、電話の向こうで何かを決意したように《仕方ないな》という声が聞こえてきた。

《いいよ、香苗。やれるだけやってみるよ》

紗世の鼻息が電話口から聞こえてくる。
《私だって、昌也と何度か遊んだからな。このままで終われるか》
「さすが、さよぽん！　頼りになる！」
《この事件には思うところがあるし、それに……》紗世は何か言いにくそうに言葉を詰まらせた。《なにより、お前が心配だ》
いつも豪快な幼馴染にしては優しいお言葉。ちょっと驚いた。
「心配されちゃったか」
《しちゃったな。幼馴染の弟が亡くなって、気にすんなって方が無理だろ。お前、無理に明るくしようとしてない？》
「うん、少しだけね」
《あんまり見栄張るなよ。なんか去年からＳＮＳでも鬱投稿ばっかじゃん》
「就活で苦労したの。でも、ありがとうね。いまは昌也のことが重要だから」
《そうだな。じゃあ、私も本気だしてみるよ》
電話の向こうで紗世が不敵に笑みを浮かべる姿が想像できる。
なかなかに良い親友をもったものである。心強い協力者を得た。
身体の芯が温まるような心地よさを感じながら、お礼と共に電話を切った。

紗世から再び連絡がきたのは、協力を得た翌日だった。

《学校側は制止をかけているが、中には話したがりのクラスメイトもいるらしいな》と彼女は、もしもし、もなく語りだしてくれた。

「えっ？　ってことは？」

《うまくいったよ。今日の放課後、駅で会ってくれるって。お前、行けるよな？》

「もちろん！　さすが、わたしの秘密兵器」

詳しく聞くと、彼女の友達の弟の友達に久世川中学の生徒がいたらしい。しかも、昌也のクラスメイト。細い線を繋いでくれて最適な証言者に辿り着いてくれたようだ。やはり頼ってよかったと思う。

「よく約束できたね。わたしも昌也のスマホから『姉です。直接話を聞かせてください』って何人かのクラスメイトにDMを送ったんだけど、断られちゃって」

《お前、正直すぎるぞ……そりゃ重たいだろう》

紗世は呆れたように言った。

《だが、これで大人たちには見えない話も聞けるな》

「うん、もう調査中だなんてはぐらかされない」

《直接会うのは任せたぞ。真相を聞きだすのはお前の仕事だ》

紗世の言葉にお礼を言って、電話を切る。

コーヒーでも飲みながら質問事項を整理しようと居間に向かった。

現在、わたしは実家に戻っていた。就職活動は終わっているし、卒業論文も順調に書き上げている。昌也の調査をするために、しばらく滞在することにした。

階段を下りると、居間に母さんがいることに気が付いた。長髪を頭の後ろで留めて、パソコンに向かって懸命に文字を打ち込んでいる。たどたどしい手つきだが、表情は真剣そのものだ。

「母さん、何を作っているの？」

わたしが尋ねると、母さんは顔をあげ、疲れた笑いをみせた。

「連絡網よ」

「なんの？」

「学校教育を改善する会。まだ正式な名前は決まっていないんだけどね。全国にいるイジメ被害者の保護者と連絡を取り合って、日本の教育を変えるよう働きかけられないかなって。昌也みたいな犠牲者を出さないように国には頑張ってもらわなきゃいけないわ」

確かに、自殺した生徒の母親というのはリーダーとしては適格だろう。もう昌也がいないにもかかわらず、母さんは学校教育を変える気なのだ。

「菅原拓はね、いまだ転校していないそうよ」

マウスでエクセルソフトを動かしながら彼女が呟いた。

「欧米ではね、イジメの加害者にカウンセリングを受けさせたり転校させたり、処置を施すの。あの悪魔は最低でも少年院、いや少年刑務所に入るべきだった。今からでも遅くない。悪魔には制裁が必要よ」

淡々と語る彼女は、わたしに話しかけているとは思えなかった。パソコンの画面をきつく睨みつけながら、辛そうに目を細める。

やがて忌々し気に呟いた。

「私と悪魔の闘いはまだ終わっていない」

その言葉はなんだか自分の母親のものではないようで、背筋が冷たくなった。

『革命はまだ終わらない』——菅原拓が担任教諭に送った言葉。

果たして事件はまだ続きがあるのだろうか？

どうにも嫌な予感がしてならなかった。


紗世が紹介してくれた相手は、加藤幸太（かとうこうた）と言った。

初対面の印象は、もやし。凡庸な比喩だが、これ以上の表現は浮かばない。ほとんど肉がない細長い手足、血の気のない顔、常に半開きの口元、左右のバランスが合っていないメガネ。心配になるくらいに細身の少年だった。

わたしはアンティーク調の小物が店中に置かれた静かなカフェに彼を誘導した。コーヒーが一杯九百円もするような場所。間接照明が照らす薄暗い店内の奥の席に、わたしたちは座った。

彼はホットレモネード、わたしはホットコーヒーを注文。少し彼が緊張している様子だったので、「今日はありがとう。緊張しなくていいから」と優しく言葉をかける。飲み物が届いて、少し相手の表情が緩んだところで本題を切り出した。

「最初に、なんでもいいから二人の印象を教えてくれないかな？　加藤君から見た、昌也や菅原君の雰囲気とか」

漠然と菅原拓は陰湿で卑劣というイメージはあるが、実際のクラスメイトの意見を知りたかった。それに、わたしも学校にいる昌也の様子までは知らない。

加藤君は「そうっすね」と少し考えこんだ後に話し出した。

「マサ、あぁ、昌也のあだ名です。マサは一言で言えば人気者でしたね。なにかイベントがあれば間違いなくリーダーシップをとりましたし、勉強は飛び抜けていましたから。スクールカーストで言えば、頂点中の頂点。マサがイジメの被害者なんて最初は考えられなかったですね。人気がある陽キャって、基本イジメのターゲットにはならないじゃないですか」

「うーん、さすがだねぇ」

これは予想通り。昌也の家での雰囲気と変わらない。

「じゃあ菅原君は？」とわたしは続いて尋ねる。

「無です」

「無？」

「あまり印象ないんですよ、菅原に関しては」

加藤君が困ったように眉をひそめている。昌也に関しては饒舌（じょうぜつ）だったのに、途端にトーンダウンしてしまった。

「なんでしょうね。ざっくり言えば暗いやつ。嫌われていた、というわけでもないんですが、とにかく存在感がなかったです。たぶん、教室で一番目立たなかった」

「ん？」

これは予想外。これまでの情報から、もっと不遜で偉そうで捻くれた中学生をイメージしていた。わたしは手で加藤君の言葉を遮って言った。

「地味ってこと？　ネット民が言うような、悪魔とは違って」

「あ、確かに不気味でしたよ。なにを考えているか分かんなかった。でも、いわゆる不良生徒みたいなタイプじゃないです。頭も悪かったし、運動もできなかった。昼休みは一人でスマホゲームをして、静かにしているようなタイプ」

「他には……何かない？」

「強いて言うなら、多分家庭がおかしいのかも？　持ち物も全部ボロボロで、安物。スマホの画面も割れてますし、イヤホンとか全部百均なんすよ。今年は多少マシになりましたが、中一の頃はもっとひどかった」

加藤君は悩まし気な表情でホットレモネードを飲んだ。

なるほど、と簡単にノートにメモだけして、一旦深呼吸をする。脳みそに酸素を送り込んだところで「イジメのことを教えてくれる？」と切り出した。

これが加藤君から聞きたい一番の質問だ。クラスメイトから見たイジメ。

しかし、わたしの意気込みの割には、加藤君の反応は曖昧だった。

「それが……よく分からないんです……」

申し訳なさそうに俯きながら話す。

「どういうこと？　傷害事件以降、表面上は何もなかったってこと？」

質問を具体的にして尋ね直す。菅原拓が昌也たちから隔離された、謎が多い時期だ。

加藤君は再び首を横に振った。

「いや、全部です。最初から最後まで。拓がマサたちをイジメていたとされる六月からの期間も、拓がマサを水筒で殴った事件のあとも」

気味悪そうに声が揺らいでいる。

「教室の誰一人としてイジメの現場を見た者はいないんです」

「……………え？」

わたしはノートを取り落としそうになった。かろうじて摑み、テーブルに乗り出して加藤君の顔を見る。

呆然と質問を口にする。

「おかしくない？　確かにイジメは学外で行われたという話だけど……それでも普通気づかない？　何度も拓に呼び出されて、水をかけられたり殴られたり……」

「だから、誰も目撃していないんですよ、そんなの。その内容が匿名掲示板に書き込まれるまで、いや、書き込みが話題になっても気づかなかった。菅原がマサを水筒で殴るまで、クラスの全員が誰一人としてイジメなんて知らなかったんです」

「……っ」

「そもそも菅原拓とマサが会話をしている場面さえ見たことがない」

どういうことだ？　さすがに理解が追いつかない。

誰にも気づかれずに人気者たち四人を一人で虐げていた？　可能なのか？

無茶苦茶だ。人気者が少しでも憂いの表情を浮かべれば、クラスメイトがすぐに心配するはずだし、彼らなら相談相手だって山ほどいるはずだ。ありえない状況だ。

少し落ち着こうと、横にあった砂糖を二個ほどコーヒーの中に入れる。格段に甘くなるだろうけれど、少しでも頭の回転が速くなればいい。

わたしはコーヒーで気持ちを落ち着かせ、加藤君に尋ねた。

「……イジメは、本当にあったの？」

「正直、俺はなんとも言えないです。他の皆も多分、そう。ただ感覚的には、マサが拓みたいな陰キャにイジメられるはずがないっていう気持ちですね」

「そっか……」

「なのにマサ、シュン、タカ、コウジの四人はイジメられたと主張して、菅原も認めている。加害者も被害者も言うんだから、俺らも認めるしかないんですよ」

もちろん加藤君は悪くないが、落胆してしまう。

少しは真相に近づけると思ったが、完全に失敗だ。

これで被害者たちの自宅、パソコンメール、スマホには何一つ手がかりなしというのだ。学校もお手上げなわけだ。昌也がなぜ自殺したのか、まるで見えない。

加藤君がイジメに関して何も知らない以上、後はもう確認事項だけ。

わたしはノートに事前に書き込んでおいたことを加藤君に訊いていく。

「ええと、じゃあ、傷害事件後。菅原君が昌也を水筒で殴った後のことを教えて。話によると、菅原君は孤立したみたいだけど」

「まぁ、元々菅原は孤立していましたが。ただ、その期間は逆にイジメられていたみたいですね。マサのファンというか、先輩や後輩とかの逆鱗に触れて。それこそリンチもあったようですよ。学校の全員がマサの味方でしたから」

「その間は、むしろ菅原君がイジメを受けていたのね」

「自業自得と言えば自業自得っすけど」

「ただ、その時期に昌也の靴箱に虫の死骸があったって……」

「そうらしいっすね。これも謎です。マサに嫉妬するやつの仕業じゃないですか?」

声に微かなトゲが混じっていた。

「嫉妬?」と尋ねると、加藤君はバツが悪そうに「あ、いや」と手を振った。

「ただの一般論ですよ。そりゃ俺だってマサが羨ましくなる時はありましたもん。他にもいたって不思議じゃないでしょう?」

「確かに。姉であるわたしだって、よく嫉妬したよ。出来すぎる弟だしね」

「可愛い彼女だっていましたから。俺みたいな陰キャには羨ましい限りっすよ」

冗談めかして肩を竦める加藤君。

初耳の情報が混じっていたので、目を丸くしてしまった。

「……彼女いたんだ。昌也」

冷静になれば、当然だ。年頃のスクールカースト上位の人気者。彼女の一人や二人いてもおかしくない。昌也の交友関係は広すぎて、誰と誰がどういう間柄なのか残されたスマホからは全く整理できなかったのだ。

「ちなみに誰？　クラスメイト？　今すぐ連絡取れないかな？」

「連絡は無理っす。そもそも意識が戻っているのかも分からないんで」

「何があったの？」

「放課後階段から落ちて、病院に運ばれたんですよ。マサが自殺する三日前に」

予想もしない超重要情報が飛び込んできたので、息を呑んでしまった。

昌也の自殺直前にそんな、彼の心が大きく揺らぐような大事件が起こっていたらしい。

マスコミや学校側はあくまでイジメ云々の話しかしないから伝わっていなかった。

「……なんで彼女は階段から落ちたの？」

「これも謎ですよ。俺たちもずっと話し合っているんですけどね」

「菅原拓の仕業？」

「分かりません。ただ、そうかもしれない、とは思ってます」

目撃者はいなかったという。放課後、人の少ない久世川中学の別棟の一階で倒れている女子生徒が発見された。彼女はすぐに救急車で病院に運ばれたらしい。一命は取り留めたようだが、以降は誰も連絡がつかず容態は分かっていない。

「……なんというか、学校が『調査中』と繰り返した理由が分かったよ」

確かに謎だらけだ。

とにかく、昌也の恋人には話を聞きたい。彼女の名前、入院したとされる病院をメモした。会えるかどうか不明だが、重要な証言をしてくれそうだ。

「うん、ありがとうね。また何か思い出したことがあったら、連絡してね」

これ以上は目新しい情報はないだろうと、今一度お礼を言って立ち上がろうとした時、加藤君が「あの」と控えめな声で引き留めてきた。

「これはただの興味ですけど、マサのお母さんは今、何をされているんですか？」

「母さん？　なんで？」

「一番マサのそばにいたと思うので。どうなのかなって」

ぶつけられた問いの意味が呑み込めなくて、しげしげと見つめ返してしまった。失言を悔いるように気まずそうに目を伏せる加藤君。まだ話したいことがあるんだな、と察して、わたしは再び席に座り直した。

「何かあるの？　ごめん、わたし、実家は半年に一度帰るくらいだから」

「すみません。失礼な発言ですけど、マサの母親ってかなり有名だったんですよ」

「わたしに気を遣わなくていいよ。なに？」

「いわゆるモンスターペアレントです。授業内容だとか、テストの採点方式とか、すぐにクレーム入れるようで。香苗さんは知らないんですか？」

全く知らなかった。首を横に振った。

少なくともわたしの中学高校時代、母さんが学校に苦情を言ったことは一度もない。昌也の小学校に苦情を入れていた記憶もない。

「マサ自身は嫌がっていましたよ。あったじゃないですか？　五月にマサの体操服が切り裂かれていた事件。あの時も学校に怒鳴り込んだみたいですよ。親や学校に電話をかけまくって犯人を炙り出そうとして。結局見つからなかったですけど」

「……そんなことまでしたの？」

「ええ、マサのイジメが発覚したあとも、何度も学校に押し掛けていました。担任の氷納先生とか何時間も詰られていて、正直かなり不憫でした」

得られた情報に口の中が一気に乾いていく。

数時間前に居間のテーブルで、菅原拓への怨念を浮かべていた母さんの姿が頭をよぎる。そして、わたしにどこか怯える態度を取っていた氷納先生の姿。

「正直、異常でした。『私の宝物にっ』って怒鳴り散らして。『全校生徒の前で菅原拓を土下座させろ』なんて要求するんですよ。学校に保護者向けの『謝罪の会』を開かせて、そこでも氷納先生にキツイ罵声を何度も浴びせたらしく」

あまりの横暴な態度に、信じられなくなる。

事件に母さんも関係しているのか？

「……昌也の自殺には、母さんの過干渉が関係しているってこと？」

「そこまでは言いませんけど。ごめんなさい。ただ『マサのお母さんは少し変じゃないか？』っていう意見が俺たちクラスメイトの中でなくもなくて」

「ううん、ありがとう。わたしからも改めて尋ねてみるよ」

「頑張ってください。俺も、いや俺たちも真相を知りたいので」

　最後、加藤君は強い口調で告げてきた。細く弱々しい印象があった彼だったが、何か訴えかけるような真っ直ぐな瞳で見つめられる。

「マサは、俺たちの大切なクラスメイトですから」

　不意にぶつけられた言葉に目頭が熱くなった。

　心に穴が開くような喪失感に苛(さいな)まれているのは、わたしだけではないようだ。人間力テスト最高順位の昌也は、クラスメイトの大切な仲間だったのだろう。

　わたしは「絶対に真相を突き止めるから」とだけ答え、加藤君に別れを告げた。

　一層、真相が気になる。

　――昌也には多くの仲間がいたはずなのに、どうして自死を選んだのか？

　わたしはまっすぐ家には帰らなかった。

混乱の連続に頭が追いつけなくなっていた。

本来欲していたイジメの手がかりは手に入らなかったけれど、思わぬ大きな情報が手に入った。印象とあまりに違い過ぎる菅原拓の姿、クラスメイトさえ全く感知できなかったイジメ、階段から落ちたという昌也の恋人、そしてなによりモンスターペアレントとなったわたしと昌也の母。

結局、別の喫茶店に移動して、夜が深まるまでノートを見つめ続けてしまった。

わたしを混乱から一時救ってくれたのは、紗世からの電話だった。

一通り加藤君から聞いたことすべてを語ると、紗世もかなり当惑したようで長い沈黙が戻ってきた。やがて穏やかな声で《とりあえずお疲れ》と言葉をかけられる。

《大丈夫？　しんどくなってないか？　追っている内容も内容だしな》

「あー、とりあえずは大丈夫。故あってメンタルに大ダメージ負ったけど」

《どの情報が？　それ具体的に聞いていい内容？》

「長くなるけどいい？」

《じゃあ聞かない》

電話口から紗世の快活な笑い声が聞こえてきて、胸がふっと軽くなった。そう言いながら、もし本気でわたしが望めば、彼女は何時間でも付き合ってくれるだろう。

「端的に言えば、次は母さんと向き合わなきゃいけないってことかな」

《香苗が実家にいた頃は、クレーマーみたいな気質はあったのか？》

「なくはないこともない」

《どっち？》

「わたしの家も色々あるんだよ。紗世には秘密にしていたけどね」

額に手を置きながら吐き出していた。母娘(おやこ)の関係は複雑なのだ、としか説明しようがない。これから向き合うことを意識すると、かなりしんどくなる。

《そっか。詳しくは聞かねぇけど、香苗、ここが踏ん張りどころだぞ》

「うん、ありがと。さよぽんからのパワーは百人力だ」

わたしはその場で深く頷いた。

追うべき謎が多い以上、止まっている暇はない。

どんどん解明していくしかない。加藤君との繋がりができた以上、そこから広げてもいい。母さんが事件に深く関わっているのならば、そこから崩していってもいい。ありとあらゆる繋がりから謎に迫っていくのだ。

紗世と話して改めて勇気づけられていると《あぁ、そうだ》という気の抜けた声がスマホから聞こえてきた。

《香苗、関係者の画像送ってくれない？》

「ん？」

《昌也、そしてイジメられた仲間、それから菅原拓の画像。全体写真か何かであるだろ？　手伝う上で、それを見ておきたい。なにかヒントがあるかも》

「あぁ、そうか。ちょっと待って。一旦、切るね」

わたしは紗世に画像を送信した。昌也のスマホにあった、友人と笑い合っている画像、それからクラスの集合写真の隅でつまらなそうにカメラを見つめる菅原の画像。狙ったわけではないが、対照的な写真になってしまった。

改めて菅原拓の顔写真を見つめながら、確かにパッと見る限りでは地味なんだよな、と考える。表裏が激しい少年だったのかな、と考えていると、紗世から再び電話がかかってきた。

「どう、さよぽん？　見た目は普通の中学生って感じだよね」

《……会ったことがある》

いつもと違う深刻な口調が戻ってきた。

誰と、と尋ね返すと、彼女が震えた声で答えてくれた。

《私、菅原拓に会ったことがある……》

言葉が耳に届いた瞬間、呼吸を止めてしまった。

つまりは、彼女も本格的に巻き込まれることになったのだった。

菅原拓の革命戦争に。

後に知る。その頃、我が家には猫の死体が届いたらしい。
『革命はさらに進む』というメッセージと共に。
やはり、それは動き始めている。
徐々に。しかし確実に。

カクメイ

僕にとって石川さんは分からないことだらけだ。

どうしてプラネタリウムで泣いていたのか見当もつかない。

きっと僕には想像もつかない事情があって、ほんの少しの好奇心で踏み入ろうものなら、僕なんてズタズタに切り裂かれるような過酷な世界があるのだろう。

だから、なにも詮索することなく、あの場を去った。つまり逃げた。

傷つきたくなかったから。

クズ。

それが僕の行動を説明するのに、ふさわしい。

・・・

言い訳をさせてもらうと、僕だって一度は変わろうとしたことがある。

一年前、忘れられない体験。辛い時はいつだって縋る思い出。

一年生の十月、あの岸谷昌也とバスで一緒になったことがある。

昌也は雲の上のカリスマだ。彼の周りには同性異性問わずいつも笑顔があった。その頃はちょうど体育祭もあり、リレーのアンカーとして華々しい逆転勝利を収めたので『一組に昌也あり』と誰もが噂するほどの絶頂期だった。誰がそんなセンスのない文句を言い出したのだろう？　馬鹿？

僕でさえも彼には一目置いていた。一目でも二十五目でも置かせてもらいたい。人に興味がない僕だって尊敬の対象くらいはいる。

そんな昌也とバスで接近した。混雑するバスの最後尾に座った時、隣に彼がやってきたのだ。無視してスマホを取り出した時、突然話しかけられた。

「菅原、お前なんか臭くねぇか？」

イジメかな、と思った。

柑橘系の整髪料の匂いをまといながら笑う彼はそう唐突に話しかけてきた。同じクラスでありながら全くと言っていいほど接点がなかったので、ほぼ初めての会話。

鋭い日本人離れした顔だ。整然とした目鼻立ちから怜悧さが伝わってくる。四肢の長いモデル体形で、同じ男子中学生とは思えない気品がある。同じ席に座っているはずなのに姿勢の違いか、彼の方が頭一個分高い。

話しかけられただけで光栄な気もするが、いかんせん内容が最悪だった。

突然の悪口に哀しくなっていると、彼は爽やかに笑いかけてくる。

「だってそのシャツ、洗濯してねぇだろ？　最近毎日着てるしな」

「いや、さすがに毎日ってことはないけど……」

「四日連続だろ？　五日前は、六日連続で同じシャツを着てきた」

具体的な数字を出されたので、口をあんぐりと開けてしまった。

「見りゃ分かるよ」昌也はなんてことのないように手を振る。「同じクラスだし」

「え……そんなに目立ってた？」

「さあ。少なくとも俺は注目してたよ。ノート、しばらく新しいの買ってねぇだろ。給食費の滞納で、たまに職員室に呼び出されている」

なんてことのないように語って、昌也は心配そうに見つめてきた。

「こう言っちゃ失礼だけど――お前の家、まとも？」

声のボリュームを落とした。微かに視線を動かし、隣の乗客の視線を気にする。幸い、隣の学生はスマホゲームに夢中のようだけど。

あくまで冗談っぽく、それでも視線は誠実に。

「………すごいね、岸谷君」

答えを返すよりも賛辞の言葉が自然と口から漏れていた。

昌也は不思議そうに首をかしげた。たった数分の会話で、僕は彼から目が離せなくなっていた。その衝動が信じられなくて、顔が火照るままに、彼の鼻を、目を、耳を、口元を、髪を、ほくろを、全部順番に見てから理解した。

彼、岸谷昌也は特別な力を持っている。

人を惹(ひ)きつける、ある種、絶対的に先天的ともいえる才能が。

「俺の話はいいんだよ。今はお前のことを話してくれ」

毒気を抜かれたように昌也が頭の後ろを掻(か)いた。

彼がそんな言葉を出すまで、僕は呆然としたままだった。

まったくの異世界人との遭遇だ。クズにさえなりきれないほどのクズが僕なのならば、生まれた時から天才だったのが昌也だった。

昌也とバスで会話した後、二ヶ月間、僕はまっとうな人間に戻ることができた。

僕が洗濯を控えていたのは、母からの命令だった。「洗剤がもったいない」というのが理由。おそらくたまたま節約したい気分だったのだろうが、僕は律儀に従っていた。だけど昌也が見てくれていると気づいてから、自然と行動を変わった。母の目を盗んでシャツを毎日洗濯し、アイロンをかける。ついでに人と少しばかりコミュニケーションをとるようになった。他人から話しかけられたら必死に答えて、給食を食べる際は目の前に座るクラスメイトに話題を振ってみた。授業中はノートを真面目に取るようになり、宿題は忘れずに提出するようにした。

僕は昌也に嫉妬し、羨望したのだ。それほど彼との出会いは強烈だった。

ただ前述したように、たった二ヶ月で終わったのだが。

「天然女ってさ、近くにいると死ぬほど腹立つよね」

昼休み、教室の隅っこで、僕が女子同士の雑談を盗み聞きしたのが契機だった。

そのとき、僕がスマホゲームに没頭していたからか、彼女たちは僕がそばにいることなど気にせず話し続けていた。

「男はそういう女子が好きかもだけど、同性からは演技だと分かるしね。公害に近いよ。こっちは迷惑かけられてんのに、男子どもはチヤホヤすんの」

「あー、アレでしょ？　三組のやつ。石川琴海」

「知ってる？　アイツの人間力テスト学年173位だよ？　低くない？　テストカード覗(のぞ)き見(み)したやつが教えてくれた」

「え、すご。そんなに低いんだ。やっぱ同性からは票が入らないんだ」

「髪形も野暮ったいし、一部の男以外は眼中にないもん。性格も終わっているよね」

「三組じゃ結構イジメられているっぽいよ」

彼女たちの下らない雑談は次第にエスカレートして、やがて、

「ね？　ちょっと様子を見に行かない？　どんな有様か見ておこうよ」

という提案が出てきてしまった。

彼女たちのあまりに何気なく口にした残酷な提案に、背筋が凍る思いがした。

反射的に立ち上がっていた。目を丸くして固まる彼女たちに一歩近づいた。正直に言えば、僕は彼女たちから向けられる視線に恐怖も感じていた。子供のときから、ずっと浴びてきた侮蔑の目。

もしかしたら僕だってクズから脱却して、昌也のようなヒーローになりたかったのかもしれない。

「お前たちは最低だな」勇気を振り絞り言葉をぶつけた。「みっともない」

彼女たちはブレザーの裾を握りしめながら、何か言いたげな顔をしていたが、やがて好奇心を伴う注目が集まってくると、逃げるようにして教室から出て行った。

僕は彼女たちの背中を睨みつけると、たった今聞いたことを紙にまとめて職員室に届けた。職員室にはイジメの目撃談を投稿するポストが設けられている。昼休みの終わりには石川琴海という少女が遭っている現状を伝えることができた。

僕は悪と闘ったつもりだった。

緊張したけど、うまく言えた。しっかり立ち向かえた。

そんな風に楽観的に考えていた。

だが、現実は甘くない。

それから数日経って、二学期末の人間力テストが行われた。

一学期、人間力テストでは197位だった。

二学期では、225位だった。

ほとんど最下位に近い成績。まさか順位が下がったことに驚き、もらったテストカードを片手に僕はしばらく呆然としてしまった。

教室の隅でその数字を見ていると、後ろからある男子がやってきた。

僕のテストカードを盗み見るように頭を出してくるので、反射的に振り向く。そこには、憐れむような視線を送る加藤幸太君がいた。

「やっぱり下がってたよな」彼はにやりと口元を歪めた。「けっこうな人数が根回ししてたよ。菅原には絶対に投票するなって」

それはご親切に。

僕が大したリアクションをとらなかったのが気に食わなかったのか、加藤君は不愉快そうに顔をしかめた。

「ほら、この前、三組のイジメをチクっただろう？　それが女子の逆鱗に触れたみたいだ。『女子トイレを覗いた』『身体を触ろうとしてくる』とか噂をされてるぜ？」

「それが理由……？」

「人間力テストの上位に逆らったんだから当然の末路だよな」気の毒がるように加藤君は口にした。「こえぇよな。お前がケンカ売った時、ちょっとスカッとしたのに」

そして彼はまるで僕と喋ったことを隠すように足早に離れていった。

その行動でやっと僕は理解する。

なるほど。僕の頑張りや努力は、滑稽で惨めでどうしようもなく馬鹿げたものであったらしい。月夜の湖で華麗なクロールをしているつもりが、ドブ水でもがく捨て犬だったみたいだ。

結局、ただ反感を買っただけだった。

自然と努力をやめた。僕ごときが頑張ってなんの意味があるというのだ。できる限り目立たないように、地味な人間として生きるべき。僕の勇気なんて彼女たちの悪意を煽るだけで何一つ意味なんてなかったのに。

最終的に石川さんへのイジメをやめさせたのは昌也だった。昌也の庇護下に入った彼女は、次第に周囲に受け入れられ、人間力テストの順位を大きく伸ばしたらしい。

目に映る世界はまた色彩を失っていった。

・・・

「Iさんはなにを悩んでいるんだろう」

プラネタリウムで泣いていた石川さんを見て以来、二日間、理由を頭の中で考え続けていたけれど、結局何も思い浮かばず、くだらない妄想ばかり膨らませていた。借金の形にヤクザに売られそうになっているとか、正体不明のモンスターと夜な夜な闘っているとか、そんなイメージ。情けなさすぎる想像力。

彼女と僕とでは住む世界が違うのだ。昌也と僕が異世界人の関係であるように。

結局、頼れるかもしれない友人ソーさんに尋ねた。

いつものカップラーメンを啜りながら、パソコンの前で彼からの返事を待った。

《分かるわけないだろ。相談にのって欲しいなら、もう少し具体的に教えてくれ》

正論に切り伏せられて終わった。だが、詳細を書き込む気にはなれない。石川さんのことを、どこぞの知らない相手にベラベラと語りたくない。

ソーさんは、呆れて溜息をつくスタンプを送ってくる。

《キミもなかなかに面倒な性格をしている。唯一ハッキリしたのは、やっぱりキミは彼女のことが気になって仕方がないってことだね》

「やっぱり、そう思います？」

《実に惚れっぽい。愛らしいと言えば愛らしいがね》

反論する気分にさえなれなかった。

的を射ている気さえする。

《だが、悪いことは言わない。控えなさい》

厳しいメッセージが届いて、画面に釘付けになった。

《今のキミでは無理だ。キミがクズでいるのは、それで傷つくことがないからだろう？笑わせるね。人とのコミュニケーションの一歩目さえ拒絶している人間が、突然泣いている女の子を導けるアドバイザーになれるとでも？》

反論したくて指をキーボードに置いたが、それ以上動かない。

思い出すのは一年前の愚かな努力。

《そろそろ生き方を改めろ》

その間も、ソーさんは容赦ない言葉を投げかけてくる。

《人と関われ。周りにどう見られるかに敏感になり、他人からの評価を気にする。辛い道だよ。でも、そんな努力さえ惜しんで他人に好かれようなどと虫が良すぎる》

「……」

《選ぶんだよ、菅原君。彼女を救うためには、クズなんてやめるしかない》

それが僕に投げかけられた選択肢だった。

正しいことを言っているのは分かる。だが、あまりに実感が湧かない。別の生き方なんて今更僕にできるのか。人との関わりを限界まで断ってきた自分が。

息が詰まるような思いを感じながら、チャットをオフにした。

目を閉じて一人で考える。

石川琴海は苦しんでいる――僕に何ができるのだろう？　いや、それ以前に僕は彼女に対して、なにがしたいのだろうか？　ソーさんは『選ぶんだよ、菅原君』と僕に迫るけれども、一体なにを求めているのだろう。

「……って、あれ？　僕の本名ってソーさんに明かしたっけ？」

ふと気がついて、首を傾げる。個人情報の扱いは慎重にしていたはずだが。

まぁいいや。


ソーさんに言われなくとも僕は知っている。

周りの視線を気にしなければ、心は平穏でいられる。それが、人間力テスト２３８位の宿命だ。人を無視すれば、傷つかずに済む。クズは楽だ。他人からの評価なんて無視していればいい。何度も自分に言い聞かせて生きてきた。

そんな人間が、初めて女の子に優しくされただけでヒーローにはなれない。

痛いほど理解している。かつての過ちを知っている。

だから、プラネタリウムから三日後、放課後の学校でゴミ捨て場へ向かう彼女が泣いていたときも、ただ通り過ぎれば良かったのだ。僕はそのとき、三階の廊下にいた。彼女の姿が視界に入ったからといっても、無視すれば良かったのだ。わざわざ駆け寄るなんて馬鹿げている。

けれど、できなかった。

僕はおそらく、石川琴海を好きになっていたのだろう。

中途半端なクズ。こんな自分を「羨ましい」と認めてくれた一言で彼女に惹かれていた。呆れるくらいに惚れっぽすぎる。チョロすぎる男子中学生だ。

彼女がゴミ捨て場で切り刻んでいたのは、イルカのぬいぐるみだった。ちょうど手のひらくらいの灰色の哺乳類。たしか石川さんのカバンにつけられ、彼女が歩くたびにひょこひょこ揺れていた。今では真っ二つになり、無残にも内臓にあたる綿が飛び出していた。可哀そうに。

その断面に何回も何回も石川さんはハサミを振り下ろしている。

僕が彼女の横に立ったとき、石川さんは小動物のように肩をびくつかせた。けれど相手が僕だと理解すると、安心したように、

「なんだ、菅原君ですか」

と涙ながらに言った。僕ならば別にバレてもいいらしかった。

「驚かさないでくださいよ。すんごいビックリしたんですから」

「こんなところで、何やっているの？」

ストレートに尋ねると、彼女は顔をしかめた。けれど、すぐにけろっと何でもないような表情に戻って「見たくないものを処分しているんです」と頬を緩めた。

「見たくないものって……」

僕は裂かれたイルカに視線を移した。彼女がずっと愛していた宝物ではないのか。疑いの視線の先で、彼女はぬいぐるみにふたたびハサミを突き立てた。

「人生って、うまくいきませんね。人の心が読める超能力があったら、とっても楽なのに」石川さんは傷だらけのぬいぐるみを見た。「こんなことしなくて済むのに」

僕は頷いた。

「そうだね。人の心が読めたら、確かにお金持ちになれて人生楽かもね」

「ん？　いやいや、誰もお金の話なんかしてませんよ」

「冗談」

「アハハ、菅原君も冗談とか言うんですね」

そこで会話は途切れ、僕はなんと喋ったらいいのか途端に分からなくなった。言語能力を無くしたみたいだ。上手いこと言って彼女を励ましたい、彼女を慰めたい、そんな自分本位な欲望ばかりが渦巻いている。きっと彼女はそんなこと望んでないのに。

まるでカカシのように僕が立っていると、彼女はハサミを地面に投げ捨てた。崩れ落ちるように地面へ座り、膝を抱えて泣き出した。

「嫌われたんです」

それが彼女の言葉だった。

「強く軽蔑されたんです。大切な人に！『いちいち関わってくんじゃねぇ』って。突然手のひらを返したように。見放された。捨てられた。わたしが何をしたって言うんでしょうね？ずっと楽しく笑ってきたのに」

「…………」

「死ぬほど辛いです。人間力テストだって絶対に順位が下がる。拒絶ってそういうことですよね？また蔑まれるばかりの日々に戻るんですよ、わたしは」

「学力テストが１００位下がるよりも、」

疑問に思ったことを尋ねてみた。

「人間力テストで10位下がる方が嫌なんだね」

「学校はそういう場所です。人から好かれない人間に人権なんてない」

彼女はハサミを拾い、ぬいぐるみを一心不乱に引き裂く作業へと戻った。

「みんな、言うことは同じ。親も先生も漫画もアニメもみんな『友達を大切に』って唱える。頭良くても仲間を大事にしなくちゃダメって。力が強くても最後に大事なのは人との繋がり。だったら！　周りから『友達になりたくない』って否定されたら、人間として救いようがないってことです。人間力テストは——その指標です」

「あぁ、そう」

「どいつもこいつも格付けしやがって！　嫉妬して見下して蔑んで！」吐き出すように彼女は言った。「去年みたいにイジメられるのが恐い」

「……」

「友達が重たいんです。重たくて、潰れそうになる。もう睨まれたり、舌打ちされたりしたくない。あの人たちは、わたしの人間力テストの順位が下がったら、ざまーみろって思うんでしょうね…………それが、つらい……」

石川さんがまるで幼子のような弱々しい声を出す。

僕の胸に生まれるのは一つの不満だった。

「知ってるよ……」

思わず漏らしてしまう。けれど石川さんの耳にはうまく聞き取れなかったようで、彼女は不思議そうに僕を見上げるばかりだった。

なんでそんな目で見るんだよ。石川さん、僕は知っているんだ。一年の頃、無数の悪意に打ちのめされていたキミを知った。僕はその悪意に立ち向かったんだ。あらん限りの勇気を振り絞って。キミは気づいてさえいないけれど。

全てを告げたい気持ちが僕の中で渦巻く。過去を思い出して胸が痛む。けれど僕は何箇所か切り傷を負った石川さんの指先が視界に入って、やがて何も言えなくなる。無茶苦茶なハサミの使い方のせいで負った怪我だろう。その傷跡は塞がれることもなく、徐々に彼女の手のひらは赤く染まっていった。

僕はその光景を見つめながら、自分の胸に右手を置き、爪を食い込ませる。心臓の鼓動を指で感じ取る。

「だったらさ、もう諦めなよ」

喉元で詰まる言葉を絞り出した。

「クズでいいじゃんか。嫌われ者でいいじゃんか。他人に怯えて、苦しみ続けたら心が壊れちゃうよ。もう周りなんか無視しちゃえよ。そうすれば楽に生きられる」

「そういうわけにはいきませんよ」彼女は苦々しそうに首を振った。「わたしは、そういう人間なんです。天然キャラを装って、友達の顔色をずっと窺い続けている」

「でも、このままじゃ石川さんが壊れてしまうよ。僕を羨ましいと言ったのは、石川さんだろう？　僕は、心配なんだ。僕は、」躊躇してしまう。けれど強引に絞り出すように言った。「僕はキミが好きだ。だから、もう苦しんでほしくない」

精一杯の気持ちだった。自分の顔がかつてないほどに熱くなっていて、今すぐに冷水に頭から突っ込みたくなる。

石川さんは一瞬だけぬいぐるみを切り裂く手を止めた。すぐに再開させたが、ハサミを僕が取り上げてゴミ捨て場に放り投げると、彼女は膝を抱えたまま動かなくなった。目を開けていなかったら、眠っていると勘違いしてしまいそうなほどに。

遠くから野球部の掛け声、吹奏楽部の演奏、それから、体育館からバスケ部のボールをつく音が聞こえてくる。僕たちは黙り続けている。石川さんの横に座り込み、ぼんやりと空を眺めた。冴えない曇り空。まるで僕の青春のよう。

三分ほどの時間が経った頃だろうか。

彼女はようやく「菅原君が羨ましい」と言葉を発した。

「――そう思っていたけど、全然違いました」

僕が言葉の意味が分からず呆けていると、彼女は立ち上がった。それから、僕に向かって憐れむような視線を向ける。

「羨ましいわけないじゃないですか。だって、菅原君ですよ？　人気もなくて、勉強も運動もできない。そんな気持ち悪いだけの菅原君に誰が憧れるんですか？」

「でも、さっき石川さんは」

「だからこそ尊敬していた。菅原君はそれでも楽しそうに生きているから。あんなに退屈なプラネタリウムで満足できるから」

彼女は目元を拭って、蔑むような視線を注いできた。

「――けれど今の菅原君は、とっても辛そう」

僕は返せる言葉もなく、ただ見つめることしかできなかった。

さようなら、と冷たく吐いた彼女の表情を僕は一生忘れられないだろう。


かくして、あっけなくフラレたキモオタコミュ障陰キャボッチ童貞ゴミクズ野郎こと菅原拓は、とてもじゃないが、まっすぐ家に帰れる心境ではなかった。道端で絶叫したくもあったし、教室で全裸になって「我こそが真の日本人なり」と叫びながら自慰行為に励む様子を撮影して全世界に公開したくなった。石川さんの言葉は僕の心を折るのに十分すぎるほどの威力を持っていた。

――まさか、あそこまで酷く拒否されるとは！

これだから、まっとうな人間として生きるのは嫌なのだ。他人に期待をしないクズの生き方こそ、やはり僕には向いているのかもしれない。そんなもの一年前だって、そして半年前だって、今だって、嫌というほど感じているじゃないか。

「生物誕生から二十七億年、無数の生き物がセックスしてきたのに僕だけが例外だ」

いつもどおりダメ人間な発言を呻きながら、僕は自転車で三十分かけて辿り着いたショッピングモールのフードコートで鶏肉（とりにく）を串刺しにしていた。田舎特有の余りまくった土地に建てられた、クソデカ商業施設は平日だろうと人で賑わっている。

僕の前に置かれているのはマヨネーズが器から溢れんばかりにかかった鶏唐揚げ。五日分の晩御飯代を注（つ）ぎ込んだ。六人がけのソファ席を貸し切って、なにかの拷問みたいに油の塊を胃に入れ続ける。味なんて分かるはずもない。

僕に超能力がなくて良かった。あったら、人類の半分は八つ当たりで消えている。

そんな妄想を繰り返しながら、唐揚げにブスブスと爪楊枝（つまようじ）を刺しているときだった。

「よぉ、少年」

そう僕の前から声が聞こえた。

顔を向けると、そこには背の高い女性が立っていた。大学生か、社会人かは分からないけれど、二十代前半だろう。日本人離れした長い脚がまっさきに視界に入り、やがて目線を上にやると、彼女のやけに鋭い目元に気圧（けお）された。

「あ、あの」厳しい表情に自身の過ちを悟った。席を占領しすぎたのだ。「す、すいません。せき、占領していて。すぐ、どきます」

「いや、そういうことじゃないって。そんなに、私って怒っているように見える？」

彼女はさらに目を細くして、僕の正面に座った。どう見ても怒っていた。そうでなくてもカツアゲされそう。

「単に心配でさ。何かあったのかなぁ、とね」

「はぁ？」

「さすがにボロ泣きする男子中学生を放っておけないなぁ」

自分の頬に左手で触れると、自分が思っているよりも遥かに多くの水分を感じた。粘り気さえ感じられる。鏡を見るのが恐いほど、僕は号泣していたらしい。

「食えって」女性は持っていたクレープを差し出してきた。桃色の紙に巻かれた生地の中にはイチゴが大量に詰め込まれている。「そろそろ甘いものが欲しくなるだろ」

胸に突き付けられたクレープの生クリームが制服につきそうだった。慌てて受け取った。「ありがとうございます」と感謝を告げる。

「でも慰められる権利なんてありません。ありふれた失恋をしただけです」

クレープをもらっておいて、事情を誤魔化す気にはなれなかった。

「辞書で引けば出てくるほど単純な、ツガイを見つけるのを失敗したんです」

「へぇ、よっぽどの純愛だったんだな」

「いいえ、不純極まりないですよ。一回か二回話しかけられて、異性と会話するなんて珍しい出来事に舞い上がって、調子にのって告白したらフラレただけです」

「分かりやすくていいじゃないか」

「滑稽ですよ。彼女は孤独に動じない僕に惹かれていたのに」

自虐するように息を吐いていた。

「それは幻想だ、って僕からバラしたんです。キミが尊敬してたのは、少し褒められたら浮かれてコクってくる男。そりゃ失望されます。かつて知り合いに言われました。『人と向き合え』って。忠告を無視して、感情任せに突っ走った報いです」

「なるほど、好きになられたら逆に引いちゃうパターンか」

彼女は相槌を打つと、目線を僕と料理の交互に揺らして「あ、唐揚げ一個、もらっていい？」と交渉してきた。結局、タカられはするらしい。僕が爪楊枝を手渡すと、彼女は一個だけマヨネーズだらけの唐揚げを口に放り込んだ。

彼女は満足そうに頷いてテーブルに置かれた紙ナプキンで口元をぬぐい「案外、美味いな」と嬉しそうに口にした。

「本当は、この唐揚げ目当てに話しかけたんだ」

「最低すぎる理由ですね」

「けどさ、動機なんてどうでもいいだろ。不純だろうが、結果が悲惨だろうが、すべてが無意味になるわけじゃない。こうやって素敵な中学生に出会えたわけだしな」

「素敵？」

「惚れた女の子のために精一杯に頑張った中学生」

彼女は優しく微笑みかけてくれた。これまで向けられたことのない、真っ直ぐな眼差し。心に直接刺さるような声。

けれど、彼女の優しさを素直に受け止められるような性格ではない。

「励ましは感謝しますが……別に僕は頑張ったなんて思えないんです」

「卑屈だなぁ。失恋して号泣できたなんて、それだけで十分価値があるよ」

「十四年間、他人に期待していませんでした。傷つきたくないから。恥を晒したくないから、クズとして生きました。そんな奴の失恋に価値があるとでも？」

「大あり。お前さ、さっき『失望された』って言ったよな」

彼女は勝手に二個目の唐揚げに手を出していた。

「つまり失望させる瞬間まで、お前の生き方は彼女の支えだった――違うのか？」

「――――」

その言葉を聞いた瞬間、立ち上がっていた。

すぐにこの場から離れたかった。心の奥底から湧き起こる熱。

「……あと、全部食べてください」

「ん？　いいのか？　けっこう余っているぜ？」

「構いません……クレープはもらいますが」

僕はそれから気になったことを尋ねた。

「アナタがソーさんですか？」

「あ、え、はぁ？　私は紗世っつう名前だよ」

やはり勘違いらしい。当然だ。あの人はこの女性のように、優しい言葉を僕にくれることはないのだから。

彼女に一礼だけして、その場を去った。

・・・

僕にとって石川さんは分からないことだらけだ。

だけど、これだけは知っている。

石川さんが過去にイジメを受けたこと。人間力テストの下位になることを恐れていること。そしてそれでも、何の価値もない、僕に話しかけてくれたこと。

彼女は僕を誤解していた。僕は孤高を望むほど強くない。褒められれば、無邪気に喜ぶ。恋もする。性欲まみれの単純な、どうしようもない男子中学生。彼女の姿を何度も妄想した。純愛とは程遠いクズだった。

しかし、そんな僕でも、彼女が笑ってくれればいいと、震えながら泣く石川さんを守ってあげたいと思ったのも紛れもない真実なのだ。そして、現在もそう思っていることだけは誰にも、たとえ自分にも否定しようもない感情だった。

だから、僕は革命を起こそうと決めたのだ。

・・・

「僕は幸せになるんだ」

ショッピングモールから外に出ると、外は暗くなっていた。空を覆っていた雲が消えていてオレンジから紫に移り変わる鮮やかなグラデーションの空が田んぼだらけの道からよく見える。冬が近づいている。冷たくなり始めた風が髪を揺らしていった。

暗くなり始めて国道沿いの道路照明灯がギラギラと輝いている。ぽつりぽつりと建つコンビニは、二十四時間明かりを灯し続ける。

この町では、満天の星は見えない。

見えるのは、せいぜい掠れたように薄く光る金星くらい。だからこそプラネタリウムに満足していた。何十年も前の映写機が映し出す、黴臭い小さなドームで、偽物の夜空を繰り返し眺め続けた。

——本物の星を目指せる者になりたい。

石川さんが美しい星空に辿り着けるならば、僕自身はどれほど泥に塗れてもいい。

「クズのままで幸せになってやろう」

ひとりぼっちの金星を見つめ、思いをそのまま口に出す。

「人間力テスト最下位だろうが、常にヘラヘラ笑ってみせよう。空気を読まず、不幸を望まれようと幸福に、全世界から刑務所行きを望まれようとも罪を犯さず、酸っぱいブドウを睨みながらも、どこか楽しそうに生きてみせよう」

全てが間違っていた。僕がすべきことは石川さんに慰めの言葉をかけることじゃない。薄っぺらい言葉を並べることじゃない。

だから泣くのはこれで最後。

最後のクレープの欠片（かけら）を一口で丸のみする。残った包み紙を握りつぶす。

「石川さんだって、ほかのクラスメイトのみんなだって誰もが笑えるような、そんな教室を作るんだ。クズでも幸せになれるって示すんだ。石川さんが学校を地獄と言うのなら、地獄を壊そう。人間力テストを——壊すんだ」

あの狭い教室の中を思い出す。昌也を中心に成り立った、息が詰まる空間。

全てがぶっ壊れるような、革命が必要だ。

「僕は正真正銘のクズになる」

これが菅原拓の一世一代の決意だ。

・・・

さて、ここで以前語った内容を復習しておこう。

忘れているようなら、もう一度言おう。キミがすべきたった一つのことは『ひたすら僕を嘲ること』。これに尽きるんだ。

だからキミは底の浅い中学生の希望を、存分に蔑むといい。いくらでも。

このとき誰かが僕を止めていたら、物語の結末は大きく変わっていただろう。

けれど、僕は革命を誓ったのだ。

たとえ、どんな犠牲を払ったとしても。

ありとあらゆる存在から見放され、世界中の人という人を敵に回しても。

最大幸福

『菅原と会ったことがある』

アイツは失恋して泣いていた、というのが紗世の説明だった。彼女がショッピングモールで買い物をしていたとき偶然彼と会ったという。

十月下旬のことらしい。菅原拓が昌也を水筒で殴る傷害事件の約二週間前。果たしてどこまで事件に関連があるのか。失恋した腹いせのイジメという単純な事件でもないはずだ。イジメ自体は六月から始まっていたのだから時期が合わない。

「ただの勘で申し訳ないけど」紗世は苦し気に呟いた。「あの少年がイジメを行っているようには見えなかった」

それが彼女の評価らしい。クラスメイトの加藤が語った印象とも一致する。

やはり分からなくなる。謎は増えていくばかりだ。

一人で昌也を含め、四人の中学生を支配した手段。誰にも見えていないイジメ。監視されていたはずの菅原拓。遺書、検索履歴、傷害事件、ネットへの書き込み。

そして、背後にある人間力テストという不気味な教育制度。

謎を追うには、やはり向き合うしかない。

——この世でもっとも菅原拓を憎む者。

被害者である昌也の母——つまりは、わたしの母——岸谷明音へのヒアリングだ。

・・・

岸谷明音の生い立ちは、最低限把握している。

久世川市で生まれ育った彼女は高校卒業後、地元企業の事務仕事に就く。職場の上司である男性と二十三歳で結婚。二十六歳の誕生日とともにマイホームを購入し、長女を産んだ。つまり、わたし。退職し、しばらく人生の絶頂期とも言える日々を過ごしたが、七年後、夫が事故により他界。第二子の長男の出産直前だった。

以降は父母の手を借りて、わたしと昌也を養う。生活費は夫の遺産と遺族年金で賄えたのだが、空いた心の隙間を埋めるようにパートに精を出していたという。教育も手を抜かず、わたしを塾に通わせ大学に行けるまで育て上げた。

ときに厳しく、ときに優しく、きっと世間から見れば素晴らしい母だった。

夫の他界から十年後、長女であるわたしが一人暮らしを始める。それから四年間の母はよく知らない。わたしは数ヶ月に一度しか帰省せず、それ以外で連絡を取ることはほとんどなかった。

　人生の荒波を越えた四十七歳の母は、モンスターペアレントになっていたという。

・・・

　緊張という感情を超え、もはや怯えていた。

　この事件を調べだしてから何度も息を呑む瞬間があったが、それとは次元が違う。これから切り込まねばならないのは、わたし自身の家族なのだから。

　ようやく母さんに話しかけられたのは、加藤君から話を聞いた翌日の夕方。

　踏ん切りをつけるのに時間をかけすぎてしまった。

　一階のリビングに下りて、コーヒー豆を挽く。丁寧に二人分コーヒーを淹れる。リビング中に広がっていく香りを大きく吸い込み、パソコンの前に座る母さんに「ねぇ、ちょっといい？」と声をかけた。

　彼女は口元に微笑みを浮かべながら「なに？」とわたしの方に視線をやった。

　岸谷明音。四十七歳。母親という贔屓目に見ても、整った美人という印象がある。凛とした、品のよさそうな顔だ。さすがに中年ともいう時期になり小皺は増えているが、化粧で整えればさほど目立たないほどには肌ツヤは保っている。

「どうしたの、香苗？　今は忙しいのだけれど」

「母さんから見た事件の真実を教えて」

間を置いて質問をぶつける。

「母さん、何か隠していないかな？」

如実に母さんの表情が強ばるのが見えた。

わたしはまた引き返したくなったが、ギリギリで堪える。

母さんは椅子を軽く引いて、身体をわたしに向けた。パソコンの画面が見える。きっと誰かにメールでもしていたのか。昨日本人が語っていた。菅原拓を徹底的に罰するために、彼女は全国の保護者と繋がろうとしている。

「なぜ私が隠していると思うの？」

叱るわけでもなく、冷静な声音で尋ねてくる。

わたしはマグカップを母さんの前に置いた。

「クラスメイトから聞いた。一時期毎日のように学校へ押しかけていたんでしょ？」

「息子がイジメられていると発覚したんだもの。親として当然じゃない？」

「仮にわたしでも同じことをしてくれた？」

批難したかったわけではないが、出てきた声にはトゲがあった。

「母さんは、昌也に特別な感情を抱いていたんじゃないの？」

　追及しているのは自分なのに心臓の鼓動が高鳴っていく。口の中が乾いていく心地を感じながら、黙って母さんの答えを待った。

「……まさか、そんな質問をされるとはね」

　母さんは僅かに目線を逸らした。

「アナタが事件を調べてくれるのは嬉しかったけど……そうよね。母である私にも話を聞かなきゃいけないわよね」

「うん。真っ先に聞くべきだった、と後悔している」

「本当に？　香苗にとって楽しい話ばかりはできないけれど」

「とっくに覚悟しているよ」

　きっと母さんからは言い出しづらいだろうと、自分から口を開いた。

「子供の時から、わたしに失望しているでしょ？」

　小さく自嘲の笑みが零れた。

「そして、その代わりに昌也には何倍も期待していた」

　吐き出してしまった言葉に後悔はない。

　分かり切っている。親からの愛は平等だ、と信じるほど無垢ではない。だが、ハッキリと言語化された瞬間に足元が崩れて行く感覚に苛まれた。

「違うわ」

母さんはからかうように首を横に振った。

「何倍、という言葉は間違いね。ゼロを何倍しようとゼロだもの」

「……そうだね、ミスだね」

「私はアナタには一切の期待をしなかった。気づいているんでしょう？」

彼女はわたしの顔をじっと見つめてくる。

久しぶりに目が合ったな、と呑気な感想を抱いた。

「昌也の才能が輝いた瞬間、アナタが失敗作にしか見えなくなった」

ふいに藤本校長の言葉を思い出した――『人は他人の評価から逃げられない』。

一理あると認めざるを得なかった。

親だって序列を付ける。1位と、それ以外に。他でもない実の子供にも。

・・・

それを初めて自覚した時はいつだろうか。

かつてわたしが放課後居残りをさせられて覚えた九九を、昌也はたった一回で暗唱できた瞬間だろうか。昌也が小学四年生の時、読書感想文で市長賞を受賞して新聞に載った時だろうか。昌也が小学六年生の時に解いていた難関私立中学の入試問題に、既に大学生だったわたしがまるで歯が立たなかった瞬間だろうか。

いつからか母さんは昌也ばかりに話しかけるようになった。

「今更伝えて信じてくれるか分からないけれど」

食卓で向き合った彼女は、ぽつりぽつりと語り出した。

「私だってね、最初は姉弟平等に愛を注ごうとした。それは嘘じゃない。香苗。アナタを産んだ時の幸せを今でも覚えているわ」

「うん、ありがとう。別に疑っていないよ」

「ただね――昌也はあまりにも別格だった。分かるでしょう？」

分かるよ、と頷いていた。

単純な能力以上に彼には人を惹きつけて離さない魅力があった。親戚の集まりだろうと、子供の集まりだろうと、場の中心は全て昌也になる。

「お父さんが亡くなって、私を支えてくれたのは全部昌也だった。昌也は幼少期から才能があった。アナタの半分の労力で、アナタの倍は吸収していった。間違いなく天才児よ。周りのお母さんたちは、みんな昌也のファンだったわ」

母さんは懐かしむように目を細める。

「この才能を守るのが私の生きる理由だって、私は昌也に全てを捧げることに決めた」

「父さんが生きていたら、また違っていたのかな？」

「そうね。親が捧げられるリソースは有限だもの」

説明されなくても分かる。

愛も、労働力も、時間も、金も、限りがある。常に選ばなくてはならない。実の子供だろうと優先順位をつけなくてはならない。完全な平等は有り得ない。

「アナタのような失敗作にリソースを割く意味が一つも見いだせなかった」

「我が母ながら、実に合理的だね」

「けれど、表面的には平等だったはずよ。露骨に姉弟の差を付けると、昌也の性格が歪みかねない。アナタも大学に通わせてあげたでしょう？」

「……うん、感謝しているよ」

巷(ちまた)に溢れる毒親に比べれば、マシな部類か。

殴られはしなかった。話しかけても聞かなかったフリをされるだけ。わたしの風邪より昌也の運動会を優先するだけ。わたしの下着を買い忘れて、昌也の文房具を買い揃えるだけ。わたしの帰宅に気づかず、昌也の成績表を見つめ続けるだけ。

小さな格差の一つ一つが、遅効性の毒のように心を破壊しただけだ。

「そして、その方針は間違っていなかったのよ」

凍り付くわたしの心に配慮することなく、母さんは語り続ける。

「中学一年一学期の人間力テスト——昌也は人格まで素晴らしいと証明されたのよ」

その瞳には、ウットリとした陶酔が宿っていた。


「母さんと学校側の関係について教えて」

これ以上は説明を聞いていられず、本題に入る。

ようやくノートを構えられた。これまでの話は、さすがにメモできない。

「元々、母さんはモンスターペアレントとして目を付けられていたんだよね？」

「それ、誰から聞いたの？　まさか氷納先生？」心外と言わんばかりに母さんは顔をしかめた。「親として当然の対応よ。香苗は聞いていない？　体操服の件」

「……今年の五月、何者かに昌也の体操服が切り裂かれていたって」

「どうせ、それが理由でしょ。ある日掃除していたら、ビリビリになった体操服が昌也の部屋から出てきたの。衝撃で絶句したわ。昌也に尋ねたら『学校で誰かにやられた』って。犯人を絶対に罰しなきゃって、何十回も学校に電話をしてやったわ」

それをモンスターペアレントというのでは、とは言わなかった。

加藤君の話では、学校だけでなく他の保護者にも電話をかけまくったという。本人の態度から間違いなさそうだ。まだ経験の浅い氷納先生は萎縮しただろう。

わたしは改めて背筋を伸ばした。

「十一月の傷害事件から、母さんから見た昌也を話してくれる？」

彼女が昌也に執着と言っていい愛情があったことは、理解できた。痛いほど。

なら気になるのは——なぜ岸谷明音は、昌也の自死を止められなかったのか。

長女の存在が視界に入らなくなるほど、彼女は昌也を守っていたはずなのに。

「パート中に突然、電話で氷納先生から連絡を受けたの」

淡々とした口調で母さんは語り出した。

「『昌也君が教室で、クラスメイトに水筒で殴られた』って。すぐに仕事を切り上げ、応接室で氷納先生から経緯を聞いた。愕然としたわ。まず匿名掲示板に書き込まれた酷過ぎるイジメの話。私は別教室に待機していた昌也のもとに向かい、すぐに尋ねた。『あの内容はアナタが書き込んだの？』って。昌也の顔には痛々しい痣があった。そして答えてくれた。『隆義が学校のパソコンから書き込んだ。全部事実だ』って」

隆義というのは、菅原拓にイジメられたという木室隆義のことだ。

事前の情報通り、昌也本人はイジメを認めていたらしい。

「母さんはその話を鵜呑みにしたの？」

「まさか。誰からも好かれていた昌也がイジメに遭うなんて。信じられなかったわ」

「そうだね。しかも、一対四だなんて、普通はね」

「でも、その疑問はすぐに解消された」

母さんの表情がくしゃっと苦しそうに歪み、声が震え出した。


「菅原拓が認めたのよ——『昌也をイジメるのは実に楽しかった』って」


楽しかった、という不気味な言葉が耳に響く。

クラスメイトや紗世から聞いた菅原拓の姿とは全く異なる、挑発的な発言。

「ちょっと待って。菅原拓に会えたの？　昌也と同じ場所にいたの？」

「菅原拓は別の教室にいたわ。氷納先生に無理を言って、会わせてもらったのよ。会えるまで絶対に帰りませんって頑なに主張したら、叶えてくれた」

「やっぱりモンペじゃん」

「今その話はいいじゃない。とにかくアイツは私の顔を見るなり自慢げに語った」

母さんの声が少しずつ荒っぽく乱れ始める。

「常に笑いながら話すのよ。昌也にセミの抜け殻を食べさせた話や他の三人から金を毟りとった話を。『これは革命だ。革命には犠牲がつきものだ』って」

あまりに露悪的な態度に、彼の姿が一層分からなくなった。

傍（はた）で聞いている、わたしでさえ気分が悪くなる。大切な弟の尊厳を傷つけた悪魔。それをその母親に堂々と披露するなど、どんな神経をしているのか。

テーブルに置かれた母さんの拳が悔しそうに震えている。

「私は謝罪させるよう掛け合った。全校生徒の前で菅原拓を、土下座させるよう」

「それはさすがに――」

「残念ながら、無理だったわ。代わりにクラスメイトの前で謝らせたわ。氷納先生に何度もお願いして、交渉できることはなんでもした。保護者たちに事情説明をさせる『謝罪の会』を開催して、地元新聞社の記者を呼んで、菅原拓を名指しで批難してやった。毎日の学校の送り迎えを許可させたし、週末はカウンセリングを受けさせるために部活を休ませた。菅原拓には二度と教室に入れないよう、保健室登校を義務付けさせた」

『氷納先生に怒鳴り散らしていた』と加藤君は語っていた。

担任教師は、母さんの言いなりになってしまったのかもしれない。

「学校全体で菅原拓を罰する空気を作り上げた。二度とイジメが起きないよう」

結果として岸谷昌也を含む四人の被害者は一ヶ月間、菅原拓と隔絶された。

代わりに菅原拓は地獄を見たらしい。母さんの思惑通りだ。

「菅原拓は私刑に遭ったって。放課後、他の生徒から殴られ続けたみたい」

「いい気味だわ」

冷笑を浮かべる母さんは、娘のわたしでも見たことがないほど残忍に思えた。

そんなわたしの顔を見て「当然の判断よ」と彼女は続ける。

「水筒で殴られ、顔に大きな痣を負った昌也。アレを見たら、誰しもが何かしなきゃって気持ちに駆られるわ。それにあの悪魔は全く反省なんてしていなかった」

「そうなの？」

「一度、菅原拓の家に行ったのよ。最悪だったわ。事前に伝えていたはずなのに母親は不在。息子に何の興味もないの。菅原拓本人に聞いても『どこにいるのかも分かりません』って連絡を取ろうともしない。自分たち親子が一体何をしたのか、まるで理解していないの。しかも去り際、菅原拓は言ったのよ。『二度とウチに来るな。来るなら昌也を一層、苦しめます』って。すぐ学校に報告してやったわ」

事件に全く関わってこない、菅原拓の母親。

彼女は全く息子に関心がないようだ。やはり家庭に問題があるのだろう。

「やれることは全部やったのよ……！」

苦しそうに母さんが声を荒らげた。

「けれど、菅原拓の予告通り、昌也はどんどん追い詰められていった」

「……！」

「事件以降、昌也は食欲がなくなっていった。時に私に怒鳴るようになった。『もう関わらないでくれ』って。そして何度も何度も部屋で叫ぶのよ。昌也は誰にも相談できず、ずっと苦しみもがいた。なぜかは知らないわ！　何ができたのよっ？　『別のカウンセラーさんに会おう』とも『菅原にはもっとキツい罰を与える』とも伝えた。できる全てを提案した。実行もした。息子を守るために全てを尽くした!!」

途中から涙声になっていく母さん。後半はまるで悲鳴のようだ。顔を右手で押さえ、強く訴えかける声が食卓に響いた。

「それでも、昌也は命を絶ってしまったのよ……！」

昌也の遺体を発見したのは、母さんだという。

十二月の早朝いつまでも起きてこない昌也を不審に思って、母さんは昌也の自室を訪れた。そして天井の照明器具にロープを取り付け、首を吊った昌也を見つけたようだ。彼の身体は既に冷え切っており、救急車を呼んだあとはしばらく動けなかったという。

それ以来、母さんはいまだ昌也の自室に入れないそうだ。

最後に漏れた呟きはあまりに弱々しかった。

「悪魔に昌也の命を奪われた。それ以上の現実を、私は知らない……！」

口を付けられなかった母さんのコーヒーは、既に湯気が見えなくなっていた。冷めきってしまったようだ。マグカップに触れることさえなかった。

彼女の説明を聞き終え、言い知れない敗北感に打ちのめされる。

母さんの話を聞いて得られたのは——菅原拓の邪悪さ。

——なんなんだ、この少年は？

学校中から監視され、それでも狙ったように昌也を自殺に追い込んだ、悪魔。

「……ごめんね。こんなつらいこと、説明させて」

そう伝えるだけで精一杯だった。

母さんは無言のままで立ち上がり、わたしを横切って台所でグラスにいっぱいの水を飲んだ。彼女の口から漏れた水が床に落ちていくのが後ろから見えた。それから虚ろな目でわたしを見て「実はね」と呟いた。

「昨晩、玄関の前に手紙が届けられていたの。袋に入れられた猫の死骸と一緒に」

「なにそれ」

母さんが食卓の側におかれたカバンから一通の封筒を取り出した。

すぐさま封筒を開けて、中身を見る。あったのは一枚のルーズリーフ。原物ではなくコピーのようだ。短い文章がプリントされていた。

——『革命はさらに進む』

ハッとする。『革命』という大仰な言葉を使う人間に心当たりがある。

「……菅原拓ってこと？」

「他にいる？」彼女は悔しそうに唇を固く結んでいた。「あの悪魔はこの町にまだいるのよ。そして、まだ何かを企てている。昌也を殺しただけじゃ満足できないのよ」

母さんは苦しそうに自身の服を摑んだ。

「この絶望が分かる？　弁護士の先生が言っていた。菅原拓はね、改名するかもしれない。実名をネットに晒された非行少年には、改名の許可が下りるケースもあるの。アイツは何の処分も受けず、名前を変えて、生き続ける」

母さんの瞳には強い憎悪が宿っている。

彼女の手元にあるパソコン画面には、いまだ保護者会の名簿が表示されている。

「…………親友だったのよ」

突如、母さんの口から不思議な単語が漏れた。

「親として嬉しかったからよく覚えている。去年の十月頃、昌也は言っていたわ――『親友ができた』って。『なんでも話せる菅原拓っていうクラスメイト』って」

さすがに記憶違いではないか。

だが、涙声の母さんから伝わる憎悪が証言に真実味を持たせる。

「菅原拓はね、かつて昌也と親友だったのよ」

あまりに理解できない。だとしたら菅原拓は親友を殺したことになる。

母さんが懇願するように言葉を放つ。

「お願いよ、香苗。菅原拓を罰せられるような真実を摑んでよ……昌也に比べれば失敗作なんだから。こんな時くらいは役に立ちなさいよ……」

感情のままに喚（わめ）き散らす母さんは、もう会話ができるような状態ではなかった。

わたしも限界だった。胃の中身をぶちまける前に、家から飛び出した。

・・・

国道沿いのネットカフェで充電切れのロボットのように倒れ込む。二畳ほどの個室フラットスペースで毛布にうずまって、目を瞑（つぶ）る。世界から孤立している心地。

とてもじゃないが、家には帰れなかった。

混乱と悲哀が同時に押し寄せる。思考を続けるのもつらくて、ただ目を閉じる。眠れたら良かったのだが、一向に睡魔はやってこない。

夜九時を迎えた時、スマホが鳴った。相手は紗世だった。

電話にでると、いつも通りのガサツな声がわたしの心に優しく響いた。

《時間いいか？　ちょこっと報告があるんだけど》

「どうぞ……」小さな声で答えた。

わたしのテンションがあまりに違っていたせいか、紗世は電話の向こうで訝しんだようだ。だが何も聞かずに話し始めた。

《あのさ、昌也の他にも菅原にイジメられた三人がいただろ？　二宮、木室、渡部。そいつらに会えないか、あれこれ人を介して試してみたんだ》

「……会えそう？　その三人に話を聞くのが、一番解決に近そうだけれど」

《さっきまで電話していた》

「はっ？」

思わず頓狂な声をあげてしまった。

二宮俊介、渡部浩二、木室隆義はマスコミが騒いだせいで全員転校するらしい。わたしがどれだけ頑張っても接触できなかった三人だ。

《いろんな伝手を辿って、木室隆義と直接電話できたんだよ。五分くらいな》

「どうだったの？」

《ありゃ、無理だ》

紗世は諦念が籠った溜息を吐いた。

《一切話す気がない。『菅原拓にイジメられていた。そのショックが尾を引いて昌也は自殺したんだと思う』とそれしか言わない。同じ言葉を繰り返すだけ。どんな手段で四人は支配されたのか、まるで語らない》

「傷害事件後、菅原拓が監視されていた時期、どうやって昌也を追い込んだのかは？」
《なにも心当たりはないってさ》
「そう……」
《だから、それ以上何も聞けなかったよ。確実になにか隠している。それに一つだけ気になる答えもあったよ》
「なに？」
《昌也との関係を聞いたらさ。そこだけはハッキリと答えやがるんだ》
紗世は言った。
《どこまでも深く結ばれた友情だった、とさ》
「なにそれ」
《知らん。中学生が自分たちの関係を美化しているのかもしれない》
以上が紗世の報告らしい。あまり事実に踏み込むことはできなかったが、彼らの立場は明白になった。隠したい真実がある。
くわえて、木室隆義の証言には不可解な点があった。
「昌也の親友は、菅原拓じゃないの？」
《ん？　どういうことだ？》
「母さんが言っていたの。去年、昌也が嬉しそうに報告してきたって」

《はぁ？　いや、そんなこと加藤幸太も言ってなかったし、スマホに記録も残っていないんだろう？　昌也と菅原が親友だなんて》
そういえばスマホにも菅原拓とのやり取りは一切なかった。
やはり記憶違いなのかと考えていると、紗世は《おい》と声をかけてきた。
《それで？　香苗の母親はなんて言ったんだ？》
言葉こそ率直だが、声は優しく丁寧だった。
《事件のこと、聞いたんだろう？　何を教えてくれたんだ？》
「……」
調査に協力してくれる紗世に隠し通せるはずもなく、母さんの言葉を全て伝えた。順番もばらばらで、途中何度もつっかえてしまったが紗世は黙って聞いてくれた。
毛布をぐちゃぐちゃに握りながら、一気に語った。
紗世はすべて聴き終えると、一回溜息をついた。
《なんだよそれ》
彼女の第一声はそれだった。
《人んちの親に文句はつけたくないが、どう考えてもおかしいだろ？　失敗作？　ふざけんな。優生思想かよ。普通、息子と娘で扱いを分けるか？》
菅原拓の情報よりも、わたしを失敗作呼ばわりした事実に反応したようだ。

「母さんのことは悪く言わないで。昌也が優秀すぎたから仕方ないんだよ」

言いながら目元がどんどん熱くなってくる。「あ、マズイ」と思って借りた毛布を頭からかぶった。毛布が水分は吸い取ってくれるけれど、漏れ出る涙は止まらない。

紗世が心配そうな声をあげる。

彼女には見えもしないのに、わたしは何度も何度も首を振った。

「ただ、思った以上メンタルがやられたみたい。だって調べると、昌也がいかに優秀だったか見えてくるんだよ。校長先生でさえ褒めていた。クラスメイトは絶賛したし、母さんなんて性格が変わるほどだよ。わたしとは人間の格が違う」

《なんで、そう自分を責めるんだ。十分良い姉だろ》

「違う。事実なんだよ。岸谷香苗がダメという事実は、わたしが一番知っている」

感情と理性を分けるべきだ。それができない自分は、探偵に向いていない。

――人は他人の評価から逃げられない。

藤本校長の言葉だ。愛されたい、好かれたい、見られたい。人間力テストなどなくても、人は他者を採点する。採点されなければ自身を保てない。

仮に誰にどう見られようと構わない――そんなことを本心で思える人間がいたとしても、きっと嫌われ者で、世界中の人間から後ろ指を指されるクズだけだ。

《……これ、めちゃくちゃ意地悪な質問だけど》

電話口から柔らかな紗世の声が届いた。

《お前が昌也の件を追うのは、母親に認められるため？》

「まさか。純粋に昌也のためだよ」

怒ったように主張し、苦笑を零していた。

「って、何度も言い聞かせてる」

《そっか。理由なんて、いくつあっても良いもんな》

「本当は、就活で母さんが驚くような大企業に内定もらって見返す予定だったんだけどね」

《だからＳＮＳの鬱投稿が多かったんだな。調査が終わったら、また就活の愚痴も聞かせてくれよ》

温かな言葉をかけてくれる紗世に礼を言って、電話を切る。

再びの静寂が訪れた個室で目を閉じる。どうしようもなくてフラットチェアを殴りつけたけれど、手が痛くなっただけだ。十年前に戻れたらと、どうしようもない夢想をするけれど、叶（かな）うわけがなかった。

そして悪いことは重なるものなのだ。

その後、わたしは『最大幸福』に襲撃されたのだから。

・・・

ネットカフェからの帰り道、わたしは暴漢に襲われた。

突然のことすぎて何も反応できなかった。

夜九時を回って、さすがに宿泊は嫌だなと店から出たあとの帰り道だった。真っ暗に等しい田んぼの道を進んでいて、周囲に人はいなかった。

意表を突かれた。突然後ろから首を絞められ、地面に投げ飛ばされた。手にしたカバンの中身が散らばる。声をあげようとしたが、「喋るな」と頬の横に何か鋭利なものを突きつけられ、喉が一気に締まった。

鋭利なものの正体はアイスピックだった。

何者かが私を押し倒し、背中に乗っている。体重をかけられ、肺が圧迫される。

「抵抗するな。助けを呼んだら殺す」

男、いや、まだ成長期半ばの男子の声だった。まるで中学生のような。マスクでもつけているのか、声がやや濁って聞こえる。

言われなくても助けなんて呼べるはずがなかった。

喉元で輝く銀色の針はあらゆる抵抗心を消す恐怖の塊だった。身体から力が抜ける。

わたしはここで死ぬのだろうか？　昌也のように。何者かの手によって。

「事件に関わるな。今すぐ手を引け」襲撃者は耳元で口にする。アイスピックの先端をわたしの頬に軽く押し当て告げてきた。「でなければ殺す。アンタ、邪魔だよ」

調査を妨害してくる粗暴な少年。

彼の正体に思考を馳(は)せた時、わたしは口にしていた。

「アナタが……菅原拓なの？」

わたしの背後で彼がピクリと震えた。動揺したらしい。

図星なのだろうか。すぐに振り向きたいが、首を押さえられて何もできない。

「オレは……違う」くぐもった声で否定された。「あんな悪魔じゃない。オレは最大幸福だ。あのクラスの、学校の、日本の幸福そのものだ」

「最大幸福……？」

「これ以上質問するな。『二度と調べない』と誓え」

どういうこと？

菅原拓以外に黒幕が存在する？

無意識にわたしはノートを見た。カバンから零れ落ちたノートがわたしの目の前にある。この中に襲撃者の名前があるだろうか。

だが、悪手だった。襲撃者はそれが調査記録だと察したようで、わたしの首から手を放してノートを拾おうとした。「やめて」と抵抗しようと先に伸ばした右手は、彼に踏みつけられる。手のひらが勢いよくアスファルトに叩きつけられ、激痛に身が震えた。

「決めた、殴るよ」後頭部を強く摑まれる。「脅しじゃねぇよ。慣れてる」

冷たいアスファルトに顔面を押し付けられ、石油の臭いを嗅がせられた。話し合いができるとは思えなかった。彼からは強い焦りを感じる。これ以上の調査を一切拒むような固い意志と、どんな手段も辞さない冷徹な覚悟。

せめて命乞いの言葉を吐こうと頭を回した時だった。

――スマホの着信音が鳴り響いた。

カバンから零れ落ちていたわたしのスマホ。

わたしの背中に乗る襲撃者の身体が驚いたように揺れた。今度はわたしの方が早かった。取り押さえられる前にスマホに手を伸ばし、すぐさま通話を起動させた。相手が誰かを確認する余裕さえなく「助けて！　警察を呼んで！」とスマホに怒鳴る。

背中の襲撃者から大きく舌打ちが聞こえてきた。

彼はわたしの背中から退くと、わたしの横腹を思いきり蹴り上げてきた。「ばいばい、社会悪」とだけ言い残し、夜道に消えていく。横腹を蹴られたわたしは痛みに耐えるだけで、相手の顔を確認する余裕はなかった。

もちろん追いかけることもできない。

危機を逃れた事実に安堵した瞬間、腰が抜けていた。呆然と相手が消えていった先を眺める。ノートを守れてよかったな、と地面から拾ってカバンに押し込んだ。

《何が起こっているんですか⁉》

地面に置かれたスマホからは、焦った少女の声が聞こえてくる。

《大丈夫ですか？　警察？　どこに呼べば⁉》

「あー、ごめん。とりあえず危機は脱したから。自分で呼ぶ」

さすがにこのまま夜道を家まで歩くのは、防犯意識がなさすぎる。相手がいつ戻ってきてもおかしくはないのだ。

けれど今は、恩人でもある電話相手にお礼を伝えるのが先だった。

「とにかく、ありがとう。えーっと、ところでアナタは誰？　命の恩人さん」

スマホには登録されていない連絡先だ。電話番号のみが画面に表示されている。

返事はかろやかな声で戻ってきた。

《石川琴海と言います。昌也君のお姉さんに真実を話したくて》

――石川琴海。

その名は、ハッキリと思い出せる。

昌也が自殺する三日前に、階段から落ちた、昌也の恋人だ。

サツガイ

革命を早足に語っておこうか。

ちょっと疲れるけど、ついてきて。キミには全てを知ってほしいから。


昼休みの過ごし方ほど個性が出るものはない。

いつも僕は教室の隅でラノベを読むか、スマホゲームをするか。とにかく一人の世界に閉じこもる。だからクラスメイトの動きを気にしたことはなかった。

けれど注意して見れば、みんな多種多様なことをしている。

昌也、二宮君、渡部君は数人の女子とトランプに興じている。石川さんはその横で楽しそうに観戦している。木室君は昌也の宿題を必死に書き写している。ほかの女子たちは廊下で談笑して、下品に騒ぐ加藤君たちのグループを面倒くさそうに時折見やる。瀬戸口君は隣の女子生徒と昨晩、匿名掲示板で話題になったイジメの書き込みについて賢(さか)しら顔で議論している。

おもむろに立ち上がった僕に興味を持つ生徒は一人もいなかった。

砂を入れた重たい水筒を持って、昌也のもとへ向かうときも誰も気に留めなかった。

だから狙いをすまし、丁寧かつ豪快に、振り返った昌也をぶっ飛ばせたのだ。殴られる直前まで彼は僕を視界に入れようともしなかった。彼の綺麗な横顔をめがけて思いっきり水筒を振り下ろした僕は、どこまでも教室の空気だった。

これが革命の始まりだった。

近くの女子生徒が悲鳴をあげ、男子生徒が咄嗟に立ち上がって僕を恫喝する。目の前の出来事が信じられないように誰もが目を剝いた。

「なんだよ……菅原」

水を打ったように静まりかえる教室で、昌也だけは冷静だった。さすがだ。

だから、僕は「本日もよいお日柄で」と言ってみたのだった。


十一月上旬、革命は始まった。

下準備を済ませて、僕は昌也の顔面を殴った。

修羅場はそのあとだ。担任である氷納先生と名前も知らない生徒指導教諭、東雲教頭に囲まれて、尋問に等しい事情聴取を受けた。昨晩話題になったイジメの書き込みの件で、朝から苦情の電話が鳴りやまなかったらしい。「その書き込みに心当たりはないか？」と尋ねられ「昌也たちに聞けば分かるんじゃないですか？」と答えた。大人たちの顔が一気に青ざめた。

午後の授業は参加できず、空き教室での待機が命じられた。今度は昌也たちの事情聴取の番だろう。椅子に座って、ぼんやりと空を眺め続けて待ち続けた。最低な心模様とは裏腹に晴れやかな秋空が広がっていた。

夕方を迎えた頃、昌也の母親が空き教室に入り込んできて、耳が壊れるんじゃないかと思うほど大声で怒鳴られた。何度も殴られそうになったのを氷納先生が制していて、彼にはすまなさを抱いた。

その後、僕は何人もの大人に囲まれて、箍（たが）が外れたようにしゃべり続けた。

――『イジメは最高の娯楽だ。脳を壊すほどの快楽なんだ』

たった一言も謝ることなく、そう繰り返し強調し続けた。

簡単に折れるわけにはいかないのだ。これは革命なのだから。

その日、自宅に辿り着いたのは、結局八時になった。

寝る前、たまたま帰ってきた母親とすれ違った。

「学校から留守電が入ってたよ」彼女はぽつりと口にした。「迷惑かけないで」

アルコールの臭いを纏った彼女は服を脱がないまま、敷きっぱなしの布団に潜り込んだ。僕は彼女の身体に毛布をかけ、その隣に腰を下ろして眠りについた。寝転がって眠らないのは、子供の時からの習慣。

母親との会話はそれだけだった。

「ごめんね」と呟いた僕の謝罪に、何も返答は戻ってこなかった。


昌也の母親の激しい怒りによって、僕は三日間学校を自主的に休む羽目になった。公立中学では珍しい出席停止処分だが、書類上は僕の体調不良で済まされるらしい。氷納先生から婉曲な表現で命じられ、大人しく従った形だ。その期間は昌也の母親が家にやってきたが、僕の母親は不在だったため烈火の如く怒鳴られた。安アパートの窓が震えるほどの怒号。とてもじゃないが会話になりそうもなかった。

謹慎明けは、僕にたった一度だけ二年一組の教室に入る許可が下りた。

クラス全生徒の前で謝罪させること——それが昌也の母親の要求だ。

どうでもよかった。正真正銘のクズになると決めた者がこの程度で動じるものか。

朝のホームルームの時間、まるで感情のこもっていない形式的な謝罪を述べた僕に全クラスメイトが軽蔑の眼差しを向けてきた。その眼差しの中には昌也や石川さんのものもあった。「反省しています」と棒読みで語る僕に、氷納先生は「おい」と怒鳴りつけてきた。彼の言葉を無視し、たった五分ほどで教室から退室した。

　これから一ヶ月ほど、僕は保健室で授業を受ける羽目になる。これも僕が自主的に申し出たとして処理されるらしい。公立中学のルールと、学校に何度も怒鳴り込んでくる昌也の母親の希望との折り合いで決定した処分。

　廊下に出て溜息をついたところで、後ろから「菅原」と氷納先生に話しかけられた。声には明らかな怒りが入り混じっている。

「なんですか？」僕は睨み返した。「命じられた通りに謝罪はしましたが」

「なんか、おまえ全然辛くなさそうだな」

「そうですか？」

「いや、別にもっと重い罰を与えるとかそんな意味じゃなくてな。ただ聞きたいんだ。おまえ、なにを考えてんの？」

「べつに。昌也をイジメたことを悔い改めているところですよ」

　まさか氷納先生に勘付かれるとは思わなかったので、僕はふてぶてしい態度をとるように努めた。小馬鹿にするように笑い、視線は相手とは九十度違う方向にやる。

「別にどうでもいいじゃありませんか？　今更、僕の言葉なんて気にする必要はない。

僕なんかに優しくすると、また昌也の母親を呼び寄せますよ？　面倒でしょ？」

氷納は何か言いたげな顔をしたが、やがて気まずそうに顔を逸らした。どうやら僕が与(あずか)り知らぬところでも、昌也の母親は大暴れしたようだ。休日もお構いなしに電話をかけてもおかしくない。彼女がそういう性格だとは僕は元々知っていた。

「……何かあれば言えよ」と微かな声で呟かれる。

余計な言葉を返すことなく、僕は氷納先生から逃げるように離れた。

保健室に戻ると、僕の筆箱がゴミ箱に埋め込まれていた。

あまりに不自然に入っていたので、見た瞬間に気がついた。わざわざ中身を全部出したのちに、筆箱と一緒に捨てたらしいから。灰色のプラスチックを背景にして、何本ものシャーペンがほこりと一緒に顔をだしている。

誰かが養護教員の目を盗んで、実行したようだ。

始まったな、と静かに受け取めた。めんどくさ。

ゴミ箱から筆記用具をかき集め、保健室で迎えた放課後。すぐに帰宅しようと校門を出ようとしたところで「おい」とドスの利いた声で話しかけられた。

顔さえ知らない生徒たちだった。七人ほど。先頭に立つ男子生徒が「おめぇが岸谷に手を出したのかよ」と告げてきたので、ハンドボール部の三年生だと悟った。既に部活を引退しているのに、可愛い後輩のために出張ったらしい。ご苦労様。

無視しようとしたが襟首を摑まれ、校舎裏に引きずりこまれる。落としてしまったカバンを拾わせてくれなかった。離せよ、と主張したが無視。七人の中には三年生だけでなく、二年生や一年生もいるらしい、と会話で察する。

校舎裏に着いた瞬間、顔面を殴られた。鼻が砕ける感覚。頭が一瞬で真っ白になり、火花が見えた。無様に尻もちをついた僕には顔面を押さえる余裕もなく、次の暴力に耐える。彼らは代わる代わる靴のつま先で僕を蹴り上げた。惨めに蹲り、身体が凹むような衝撃と激痛に歯を食いしばる。涙と鼻血が混じり合って、気持ちが悪くて仕方がない。皮膚が裂け、血が滲むような感覚。

気づけばリンチは止み「また明日もやるからな」という冷ややかな宣告を与えられた。僕は彼らの足音が聞こえなくなるまで、固いコンクリートの上に倒れていた。

このまま眠ってしまおうか、と考えた時、校門に置き忘れたカバンを思い出した。カバンには教科書だけでなく、バスの定期券となけなしの金がある。さすがに放置はできない。痛みに呻きつつ、校門の方に足を進めた。

カバンは手遅れだった。

校門から出た生徒たちによって蹴り飛ばされたらしい。中身をぶちまけながら、まるでサッカーボールのように泥だらけになって転がっている。教科書やノートは下校する生徒たちが笑いながら踏みつぶしていった。

ちょうど目の前で二年一組の生徒たちが、僕のカバンを踏みつけていく光景が見えた。

「それ」辛うじて声をあげた。「そんなに蹴りやすい？　僕のなんだけど」

「死ねよ、お前」という返答が戻ってきた。

名前も覚えていない、女子生徒から発せられた。

「アンタ、マジで気持ち悪いから」

瀬戸口君や津田さん、他にも無数の男子や女子が僕の教科書やノートをわざと踏みながら通り過ぎていく。その光景を僕はどこか他人事のように眺め、今日はテスト前で部活禁止の日だったな、と今更の事実に思い至る。

ちょうど二年一組の他の生徒たちが昇降口から出てきて、僕に侮蔑の視線を送って通り過ぎていく。瞳にはある種の正義感が宿っている。僕が睨み返しても、彼らは目線を逸らさなかった。自分の醜い心を恥ずかしがるのではない。そして理路整然とまるで踏み絵をこなすように、僕の持ち物を踏みつけていく。

ヘドがでる。

「……そんなに教室の空気を読むのが大事か？」

彼らに言いたいことは山ほどある。

お前らはクズと呼ぶ価値さえない。カスだ。他人の評価を得ようとしているのか。昌也に褒めてもらいたいのか。それとも、周りの雰囲気に同調したのか。そんなくだらないもののために、お前らは他人の所有物を平気で踏みにじるようなやつらなのだ。十四年間そうやって生き、一体何人傷つけてきたんだよ？

けれど、わざわざ伝えない。どうでもいい。彼らの人生に関心はない。この程度でいちいち腹を立てない。傷つかない。

本物のクズは他人からの軽蔑なんて笑い飛ばすのだ。

・・・

以上が革命初期の僕の光景。

クソみたいな日々を嘲りながら見届けてほしい。

大丈夫、革命は案外順調に進んでいたりする。

・・・

「ああああああああああぁ、疲れたああああああぁ」

僕はとにかく叫んでいた。自宅で。

昌也襲撃、昌也母との対峙、教室での謝罪、氷納先生からの叱責、教室や学校でのリンチを経れば、さすがにヘトヘトになってしまう。情けない話ではあるが、一つ一つが僕の精神を抉るには十分だった。クズとしての鍛錬が足りていない。

僕は布団の上にごろんと倒れ込んで「うううぅ」と大きく唸る。精神的なダメージだけでなく、殴られ蹴られ続けた身体の傷も強く痛む。

「これ明日から毎日続くの？　なにかコメントしろよ、文科省」

地獄のような日々には違いないが、ここで諦めるわけにはいかない。でないと、ただ不名誉な結果しか残らない。殴られ損。失ったものが多すぎる。

賽は投げられた。進み続けるしかない。

少しでもメンタルを癒そうとぶつぶつ独り言を繰り返していると、スマホがピコンと鳴った。ソーさんからのメッセージだった。久しぶりの連絡だった。

《ハロー、聞こえるかい？　今日は何があったんだい？》

この人とは大量の文字のやり取りをするので、パソコンの前に移動した。

さすがに「リンチに遭いました」と告げられず、当たり障りのない嘘をキーボードで打ち込んだ。どうせ僕の一日なんて、基本的にワンパターンなので、ほとんど定型文である。学校行って、誰にも話しかけられず、帰る。

僕がソーさんに求めるのは、とにかくどうでもいい会話なのだ。
「あと、肉まんをお湯につけると美味しいことを知りました。簡単に中華スープが完成するんです」
調子にのって、ふざけたことまで書いてみる。こうでもしなければ、精神がおかしくなりそうだった。ちなみに、肉まんにお湯なんてかけたこともない。絶対不味いだろ。
《だったら、あんまんだったら、お汁粉になるのかしら？》
幸いソーさんも乗ってくれた。
自然とキーボードを叩く指が乗る。
「さぁ？　味が薄そうな気もしますが」
《そんなこと言ったら、肉まんだって相当味が薄いと思うけどね》
「高級な肉まんを使うんですよ。具がたっぷりの。安物はダメです」
《高級な肉まんは普通に食べたいな》
「確かに」
《しかし、高級なあんまんというのは、あまり聞かないね》
「言われてみれば。チャンスの予感ですね。高級食パン、唐揚げ専門店に次ぐ、新たなブームの予感」
《誰が出資するんだ、それは》

「潰れた食パン屋のオーナー」
軽口を叩きながら、彼からの返事を待つ。
少しだけ間があって、ソーさんからのメッセージが届いた。
《ところで菅原君はなんで岸谷昌也を殴ったんだい？》
僕の思考は止まった。
その一行を何度も読み返し、チャットを遡り、ソーさんとの会話ログを読み直した。
もちろん、どこにも僕の個人情報を教えた記述はなかった。
口の中の水分が一気に消えていく感覚に襲われる。何一つ文字を打てない。
パソコンにはソーさんからのメッセージが続々と展開される。
《いきなりで済まないね。けれど、聞かせてくれないかい？》《力になれるかもしれない》《どうして岸谷昌也を殴った？》《なぜ、岸谷昌也の母親の前で不遜な態度をとるんだ？》《キミはどんな手段を使って、四人もの生徒を支配したんだい？》
なんだこれ、と僕は呻く。
《私はキミを知っている》《期待し、心配しているんだ》《これまで築いてきた関係は、悪くなかったはずだ》《だから教えてほしい。キミの目的を》
脳が凍り付いたような感覚に苛まれる。
《菅原拓君》《Iさんとは石川琴海のことなんだろう？》

反射的にパソコンの電源を切っていた。強制シャットダウン。無我夢中でパソコンの有線コードを抜き、スマホのチャットアプリをアンインストールした。

荒くなる呼吸で考える。なぜアイツは僕のことを知っている？

何かが壊れ始めている。気味悪い予感に、全身から汗が出る。

そのときタイミング良く、家のチャイムが鳴り響いた。

母親ではない。彼女は何があっても、こんな時間に帰らない。

誰か来たのだ。


バクバクと高まる心臓の鼓動を感じながら、窓から玄関の方を覗き見た。

外にいたのは予想外の人物であり、絶対に会いたくない人だった。

（昌也……）

顔にガーゼをつけた彼が、僕が暮らすアパートの部屋の前に立っていた。

その姿を見た瞬間、逃げるように飛び退いていた。

「いるんだろ？」扉の向こうで彼の声が聞こえる。「出てくれよ、拓」

僕は口を両手でふさいで息を殺した。玄関の前に腰を下ろして固まる。

昌也には気配が伝わってしまったようだ。ドアノブが捻られた。幸い、鍵はかかっている。彼は諦めたようで、ドアノブはすぐに動かなくなった。

「なんとなくドアの向こうにいるのは分かる。出たくないなら、それでいい。ただ答えてくれよ。お前の目的はなんだ？」

僕は答えない。

昌也は言葉を続ける。

「謝らなくていいよ。あんなリンチは別に望んでない。クラスのやつらにも部活のやつらにも言っておく。菅原を傷つけるような真似をするなって」

「…………」

「それだけ伝えたかったんだ。なぁ、黙らないで何か言ってくれよ」

優しい声音で語りかけてくれたけれど、返答できなかった。

厚さ三センチのドアを挟んで、沈黙のみを共有する。

「なぁ、拓」昌也が小さな声で言った。「俺たち、親友だよな？」

「そうだよ」短く答えた。

きっとそれは否定できない。

彼は親友であり、なにより盟友だ。だから僕は彼との会話は全て思い出せる。

「ねぇ、昌也。約束、覚えてる？」

「約束？」

昌也から疑問の答えが戻ってくる。

説明はしなかった。僕とは違い、きっと彼は僕との会話を全て覚えていない。仕方のないことだ。人気者とそうでない者との違い。

その後は無言を貫き通した。昌也も数分間ドアの前で粘り続けたようだ。だが、諦めたように、苛立たしげにドアを蹴り飛ばして帰っていった。

彼が立ち去ったあとも、そのまま玄関から動けなかった。

革命が終わるまで、昌也を追い詰め続けなければならない。ただ胸が痛む。


脱力しきって玄関で座り続けていると、ふたたびチャイムが鳴った。

よく客が来る日だ。また昌也かなと警戒し、けれども誰なのかが気になり、一旦居間まで戻って窓から覗いてみた。学校指定の紺色のカバンが見え、そこには灰色の紐が結ばれていた。紐だけ？　何かが先端につけられていた痕跡のようだ。

もっとよく見ようと窓に近づき、頭をガラスにぶつけてしまった。その音で訪問者は僕の方を見る。あえなく目が合ってしまった。

石川琴海さんだった。

最悪だ。今は、昌也の次に会いたくない人物だった。灰色の紐は、ぬいぐるみの残骸だったのだ。目が合った以上、もう居留守を使いづらい。軽く一礼をしてから玄関の方に向かった。鍵を開けると、待ちきれなかったように勢いよく扉が開かれた。

彼女は開口一番に「昌也君も菅原君の家に来たんですか？」と訊いてきた。

今まで見たこともないほど厳しい視線。前世の罪でも問われている心地。

彼女のキツい眼差しから逃げるように首を横に振った。

「来た、のかな？　よく分からないや」

「嘘です。菅原君の家から出て行ったところを見かけました」

「なら初めからそう言えばいいのに」

「何をしに来たんですか？」

「……さぁね」できる限り注意深く答えた。「僕は居留守を使ったからね。扉の向こうで叫んでいたけれど、さぁ、なにを言ったんだろう？　新興宗教の勧誘かな」

「昌也君は特定の宗教を信仰していません」

律儀にツッコミを入れてくれるのが、石川さんらしい。つい笑ってしまう。

「じゃあ、健康食品の押し売りかもね」

「そんな態度だと……菅原君はイジメられちゃいますよ？」

憐れむような、怒るような、僕の十四年で初めて見る不思議な物言いだった。

「みんな、菅原君を恨んでいます、昌也君を殴ったことを。だから、正直に答えてください、本当に昌也君をイジメていたんですか？」

「……僕が彼をイジメていた。木室の野郎がネットで僕の行為を晒したから、連帯責任で昌也をぶん殴った。それだけだ」

自分が思う以上に冷たく言葉を発していた。けれど、一度言ってしまった以上、取り消せない。

石川さんは目の前で首を振る。

「嘘です。昌也君はイジメられるような人間じゃない」

「おかしいな。どいつもこいつも『僕がイジメるような人間』とは言ってくれない」

「そうかもしれませんね」

「けど、おかしいとは思わない？　キミの主張の通りなら、どうして昌也がそれを先生や親の前で否定しないの？　彼が『俺はイジメられていない』と宣言すれば、この事件は終わりだ。けれど彼は絶対に言わない。言えない。それが真実だからだ」

彼女を拒絶するような言葉を放つたびに胸が締め付けられた。呼吸が苦しくなる。石川さんまで敵に回すことがここまで辛いとは思わなかった。

泣かせちゃうかな、と思ったが、予想外にもビンタされた。腰の入っていない貧弱な衝撃だったが、さらに貧弱な僕の身体を倒れさせるには十分だった。

今日はよく殴られる日だ。

彼女は野生の動物のように激しい呼吸をして、僕を見下ろしている。

「どうして……教えてくれないんですかっ？」

彼女は目に涙をいっぱいに溜めて、叩きつけるように怒鳴った。

「正直に話してください！　だったら、わたしはどうすればいいんですか！　誰の言葉を信じればいいんですかっ？　本当のことを教えてくださいよ。でなきゃ、わたしは、菅原君を軽蔑しなくちゃ、ならない」

「うるせぇ」

倒れた姿勢のままで、吐き出すように言い放った。精一杯の気持ちで彼女と、自身の初恋を踏みにじるように。

「綺麗事、抜かすなよ。キミが見ているのは結局他人だけだ。もう一度悪意を向けられるのが恐いだけ。そんな動機で人を断罪するなよ、カス女。『人から逃げるな』なんて知ったようなセリフ、僕は吐かないよ。ただ――自分から逃げるな」

「――――」

彼女はそこで言葉にならない呻き声を漏らした。涙目で僕を睨む。何か口にしたいのに、何も言えないように唇が情けなく震えていた。

図星だったのだろう。

分かりやすい反応で助かる。僕はそのために革命を起こすのだから。

これでいい、と自分に言い聞かせる。たとえ嫌われようとも、僕にかかる火の粉を彼女に浴びせるわけにはいかない。拒絶しなければ彼女はきっと僕を庇いかねない。

タイルの床から伝わる冷たさを感じながら、石川さんの姿が視界に入らないように、玄関に散らかる靴を見る。母の似たようなヒールやパンプスを眺め、石川さんが去ってくれるのを待っていた。

やがて彼女は苦しそうに言った。

「黙って、くださいよ……他人の重さが分からない菅原君には理解できません」

「かもね」

「菅原君だって、全然反省してないじゃないですか。今日も昌也君の靴箱に虫の死骸を入れたんですよね？　最低」

「……え？」

僕の疑問に答える前に、彼女は走り去って行ってしまった。

慌てて追いかけようとしたけれど、玄関マットで滑ってしまい、転んでしまった。どんな時でもカッコ悪い僕は彼女の姿を見失う。

全く知らない情報に打ちのめされていた。

「今日、昌也の靴箱に虫の死骸を入れた？」

それは僕じゃない。靴箱に近づいていない。

——僕の知らないところで誰かが動いている。

もしかして僕は、何か決定的な思い違いをしているんじゃないか？

何かが進んでいる。僕の革命とは別の部分で。

・・・

僕の望みはそれほど多くなかった。

その少ない願いのために着実に革命を行う。

石川さんがわずかでも幸せになるように、僕はどこまでもクズを貫く。

人間力テストを打ち壊す。昌也を虐げ、一つの楽園を成就させる。

そんな期待を抱いて、僕はひとりぼっちで革命を進めていく。そして、たとえ向ける相手が僕でなくとも、彼女がいつか清々(すがすが)しい顔で笑ってくれることを祈るのだ。

恋人になれなくともいい。

クズはそんな高望みを抱いてはならないのだ。

・・・

全ての歪みが形になって現れたのは、僕が昌也を殴って一ヶ月が経った頃だった。
この間に一体何が起こったのかはよく知らない。保健室登校を繰り返し、放課後に校舎裏や路地で昌也の仲間から殴られる日々。身体に刻まれるのは痛みのみで、噂一つも入ってこない。何が起きたのか全て観測できないが、その全ての原因に僕が関与しているのは、間違いないだろう。
僕の革命が波紋となって、様々な人間関係に影響を及ぼしてしまった。

——石川琴海が階段から落ちて、意識を失った。

その話を聞かされたとき、僕の思考は停止した。
けれど、本当の最悪はその三日後だった。

——岸谷昌也が自殺した。

電話でそれを聞いたとき、僕は過呼吸に陥って、そのまま崩れ落ちた。

・・・

あぁ、どうか、僕を嘲笑ってほしい。どうしようもなく浅はかだった僕を。

どうしようもないクズが考えた計画なんて成就するはずもなく、それどころか最悪の事態ばかりを引き起こしてしまう。

だから侮蔑すればいい。それこそがキミにできる唯一のことだ。

僕は誰よりも菅原拓を軽蔑している。だからキミが僕を嘲るとき、僕らの気持ちは等しくなり、そして一つになれる。

本当の地獄はここから始まる。

最後のピース

わたしは結局、襲ってきた少年を警察に通報しなかった。

どのみち捕まえられるとは思えないし、今は時間が惜しい。翌朝、石川琴海ちゃんがいる病室に行く約束をした。少しでも眠り、頭を働かせるようにしたい。彼女と電話を切った直後にタクシーを呼んで、帰宅した。

調査を止める気はなかった。

どれだけ脅されても今更引き返せない。むしろ復讐（ふくしゅう）のような闘争心が燃えていた。相手が嫌がるのなら、もっと事件について調べてやりたい。

だから、わたしは襲われた翌日昼の三時には久世川市立中央病院にいた。

知る限り、昌也が生まれて初めて作った恋人。

彼女はあの教室で一体何を見て、どうして階段から落ちたのだろうか？

琴海ちゃんはわたしの連絡先を加藤君から聞いたらしい。

加藤君が琴海ちゃんのＳＮＳアカウントに、わたしの連絡先を送ってくれていたようだ。翌日に気づいた彼女は勇気を出して連絡を取ってくれたという。

彼女が電話をかけてくれなければ、襲撃者を追い払えなかったので、正直恩人だ。会う前だというのに、かなりの好印象を抱いてしまった。

彼女の病室はよく日が当たる個室だった。ペンキを何重にも塗り重ねたような人工の白さが息苦しかったが、その分ベッドに座っている彼女はやけに美しく見えた。

セミロングの黒髪が窓からの明かりで照らされている。ここ数日は食欲がなかったのか、事前に見てきた写真の姿よりも痩せている。ほっそりとした顔のライン。写真に写っていた幼さが消えていて、やけに大人びて見えた。

彼女の隣では大きなスイセンの花が咲いている。

わたしが病室に入ると、彼女は静かに頷きこちらを見た。

「初めまして、昌也君のお姉さん」

彼女はわたしを見て、眩（まぶ）しそうに目を細めた。

立ち上がろうとしたので、慌てて「ベッドにいて」と伝える。

「容態は大丈夫なの？　加藤君の話では、意識を失ったって」

「意識なら、すぐに取り戻しました。本当は入院なんて大袈裟（おおげさ）なんですよ」

彼女はベッドに戻りながら、優しく手を振った。

「失敗したんです。主治医の先生に『どうして階段から落ちたの？』って尋ねられた時、『記憶がないんです』と嘘を吐いちゃったんです。検査のために入院しないとって話が大きくなっちゃって。さすがに明日には退院ですけどね」

「それでも意識を失うって、結構な問題だからね。心配しすぎでちょうどいいよ」

「そうですね。両親が不安になって、しばらく入院させたいって病院に強く希望をだしちゃって……例のニュースも入ってきたから」

　昌也の自殺の件であることは言うまでもない。

　確かに彼女の両親からすれば『しばらく養生してくれ』と願うだろう。学校の階段から落ち、記憶が曖昧で、恋人は自死に追い込まれたのだ。

「時間はたっぷりありました。教室の光景を何度も思い出せるくらいには」

　彼女が何かを握っていると思ったら、それはスマホだった。

　琴海ちゃんは自分のスマホを何度も愛おしそうに撫でる。

「最初は馬鹿みたいに人間力テストのことしか考えていなかったですけどね。寝ているうちにハブられたらどうしようとか。また菅原君にバカにされそうです」

「彼とは仲が良かったの？」

「いいえ。ただ、事件の前に何回か話をしたくらいです」

　菅原拓とも交流があったのは意外だった。彼はクラスメイトの誰ともほとんど会話を交わさなかったそうだが。

やはり彼女は事件を解き明かすうえで大きな鍵になるかもしれない。

「さっき階段から落ちた経緯について『覚えてないと嘘を吐いた』って言ったよね？」

ベッドの隣に置かれた椅子に腰を掛け、ノートを構える。

「庇わないといけない相手。つまり――」

「お察しの通りです」

琴海ちゃんは小さく息を吐いた。

「わたしを階段から突き落としたのは、岸谷昌也君です」

まず前提を確認した。

琴海ちゃんがクラスの中心グループにいたことは間違いないようだった。人間力テストは学年13位であるから、その人気ぶりは窺える。少し話しただけでも彼女の明るい性格は伝わるし、容姿の美しさも相まって納得の高順位だ。

けれど彼女いわく、一年生の頃は違ったようだ。彼女の天然さが悪いように目立って、一部の女子からイジメを受けていたらしい。当時は人間力テストの順位も低く、その成績を盗み見られたことが発端のようだ。低順位の人間は舐められる。女子トイレで水をかけられることも幾度となくあった。

しかし、その悪意に気づいた男子が、彼女を庇ったことで事態は収まった。

その男子こそが昌也だった。

昌也は彼女を気の毒に思ったらしく、面倒を見始めた。野暮ったかった髪形を百八十度変えさせた。容姿が整うだけで自然と周りからの見る目も変わる。優しくされるようになれば、自然と表情も明るくなる。周りを惹きつける。昌也の的確なプロデュースにより、次第にイジメを行っていた女子たちも彼女に手を出せなくなっていった。

二人はやがて付き合い始めた。

一番記憶に残っているデートは、誕生日に連れて行ってもらった水族館。そこで買った、小さな灰色のイルカのぬいぐるみは彼女の宝物だったという。

「だから昌也君に隠し事をされた時、わたしはとても傷つきました。昌也君に見放されるのが恐くて、あの剝き出しの悪意と向き合うことになるのかって」

彼女はベッドに座ったまま話し続ける。

「一緒に帰ろうとしても拒否され、一緒に遊んでいる時もどこか上の空。『心配事があるんじゃないですか？』と尋ねると、誤魔化すような返事をされる」

「それは、いつ頃の話？」

「二年の六月頃から次第にです。あからさまに隠し事が増えたんです」

ノートを確認するまでもなかった。

「菅原拓が昌也たちをイジメていたとされる期間だね」

「正直、かなり傷つきました。わたしは何も分かっていなかったので」

そう言ったあとで彼女はすぐ首を横に振った。

「いや、そんな被害者ぶるのはダメですね。単純に恐かったんです。昌也君に次第に距離を置かれるようになって、また――人間力テストの順位を落とすのかって」

一年生の体験が、彼女の心に影を落としているようだ。

彼女はわたしの顔をじっと見つめ、穏やかに微笑んだ。

「昌也君は綺羅星（きらぼし）のような人でした。近くにいるだけで人を明るく照らしてしまうような。わたしが昌也君の彼女でなかったら、ずっとイジメられていたかもしれない」

姉のわたしに気を遣っているのではないのだろう。

彼女はわたしの顔付きから昌也の面影を探しているのかもしれない。そんな目だ。

「単純ですよね。ずっと呪いみたいに、人間力テストの点数のことばかり考えていた。二十四時間、友達グループと一緒にいたい。あらゆる出来事は共有して、秘密を作ってほしくない。みんなが笑っていれば面白くなくても笑って、みんなが怒っていたら一緒に陰口をたたく……笑いますか？」

「気持ちは分かるよ。中学の教室って、とにかく息苦しかったな」

「でも、わたしは輪をかけて最低ですよ」

彼女の目が微かに細まった。

「菅原君の傷害事件後、わたしはクラスのみんなと彼をイジメていたんです」

首の後ろを冷ややかな風が通り過ぎたような心地になる。

だが、時系列を確認して納得する。

琴海ちゃんはずっと恋人の昌也を心配していた。隠し事をしている昌也を半年近く傷つきながらも労り、気に病み続けていた。時に辛い過去を思い出しながら。

そんな折に勃発した——菅原拓が昌也たちをイジメていたという事実の発覚。

「裏切られた、と思ったんです」

わたしの思考を補足するように、彼女が説明を始めた。

「さっきも言ったように、多少なりとも菅原君とは交流があったんです。なのに、まさか昌也君の隠し事の元凶で、菅原君こそが昌也君を苦しめていたなんて」

「そっか。そりゃ、そうだよね」

「校舎裏で暴力に晒される菅原君を、冷めた視線で眺めていたこともありました。保健室から出てくる彼からカバンを奪い、みんなで蹴り飛ばすようなこともありました。二年一組の大半の生徒が関わっていたと思います」

加藤君はあくまで「拓をリンチしたのは部活の先輩後輩」と語っていたが、クラスメイトも関わっていたのだろう。むしろ自然か。

ベッドの上に置かれた琴海ちゃんの拳が震えている。

「当時はそれが正義なんだって思いました。だって、彼こそが昌也君たちを虐げていた悪魔だから。しかも本人は反省しない。『昌也に罰を下しただけ』って挑発するだけ。何度殴られても終わる頃には笑っている。だから一層やらなきゃって皆で」

菅原拓が好む、露骨な挑発だ。彼は昌也を守りたいと望む者の感情を逆撫(さかな)でする。

琴海ちゃんは久世川中学の生徒たちが菅原拓に行った行為を子細に語ってくれた。これまでの証言に出て来なかった、残虐な行動の数々。

「一ヶ月が経とうとした頃でした」

琴海ちゃんが哀し気に呟いた。

「ある放課後、昌也君に呼び出されました。『勝手な真似すんな』って」

「え?」

「ショックでしたよ。でも彼は激昂していました。『無関係のお前らが、なんで拓をイジメているわけ? 何様のつもり?』って。かなり強い口調でした。彼は同様のことを他の生徒にも伝えるつもりでした。『もう制裁は必要ない』って」

これまで全く出て来なかった情報だ。

——岸谷昌也は、菅原拓に対する制裁を望んでいなかった。

誰にも明かしていない感情。いの一番に恋人には伝えたようだ。

「凄い人だなって思いました」琴海ちゃんが息を吐く。「どれだけ虐げられても、必要以上の制裁は望まないなんて。『俺は完璧な大人にならなくちゃいけないから』って」

昌也らしいと言えば、昌也らしい発言だった。

だが、果たしてそんな単純な感想で済ませていいのだろうか。

「それで」さらに、話を続けることにした。「琴海ちゃんはどう返したの？」

「納得できませんでした」

当時を後悔するように琴海ちゃんが声のトーンを落とした。

「まだ薄く残っていた顔の痣が目に入って。のうのうと学校に通って『イジメは発明だ』なんて誇らしげに言う菅原君が許せなくて、教室の空気に水を差したくなくて、昌也君に初めて逆らいました。『わたしは昌也君が心配なんだよ』って」

「………」

「押しつけがましいですよね？　自覚しています。言い訳はできません」

言葉を失ってしまったわたしの反応を見て、琴海ちゃんが頷いた。

「昌也君は激怒して、強くわたしの身体を押しました」

それから彼女は、当時の状況を詳しく語ってくれた。

押された場所は階段のそばだった。昌也君は咄嗟に、倒れ行く琴海ちゃんに向かって手を伸ばした。しかし、その手はすり抜け、次の瞬間には階段の下に落ちていた。

「これが昌也君を見た最後の日のことです」

琴海ちゃんは苦しそうに言葉を言い終えた。

「わたしは、彼の意に染まない行動ばかりしていたんです」

まるでその行為こそが、彼を自殺に追い込んだと言いたげだ。

だが、どう慰めていいかも分からない。泣き出してしまった琴海ちゃんにハンカチを差し出し、その背中を撫でてあげる。

――昌也が命を絶ったのは、恋人を突き落としてしまった自責の念？

これまでの情報とは違う強度がある。まだ仮説だが無視できない。

「わたし、考えたんです」

彼女は涙ながらに語る。

「本当は何も見えていなかったんじゃないかって。本当は菅原君は、イジメなんてやっていないかもしれません。この病室で悟りました」

「……どういうこと？」

「二宮君、渡部君、木室君の三人が昌也君と菅原君の二人をイジメていたんです」

まるで考えだにしなかった推測に、息を吞んだ。

彼女は何かに急かされるように説明を続ける。

「誰にも見つからないよう、巧妙に。少なくとも、菅原君一人で四人をイジメるよりずっと現実的じゃありませんか？　三人が二人の生徒を徹底的に管理し、虐げた。誰にも相談させないよう、弱みを握っていた。なのに昌也君が匿名掲示板にイジメの実態を告発したから――」

「……菅原拓に昌也を襲わせ、菅原拓にイジメの罪を着せた。掲示板の投稿は木室君が書き込んだことにした」

「そうです。そして、自分たちはのうのうと被害者面をしている」

確かに事件後、彼らはやけに口を噤んでいる。

琴海ちゃんはさらに早い口調で論を進めていく。

「あの傷害事件のあと、どんどん昌也君はおかしくなっていきました。それは同じイジメられ仲間だった菅原君がクラスで孤立していったからじゃありませんか？　わたしに対する激昂も説明がつきます。わたしが悪いんです……！　一番昌也君の近くにいたわたしが気づくべきだったのに、何も見えていなかった」

「…………」

「昌也君は、菅原君を孤立させた自責の念に苛まれて命を絶ってしまったんです」

苦しそうに訴え、わたしに「ごめんなさい……！」と頭を下げる琴海ちゃん。

彼女の推理は、これまでにない大胆な展開だった。衝撃を受けた。いくつかの違和感を解決するというだけではない。原因に自分を含め、わたしに頭を下げている。

しばらく呆然としてしまった。

なんて誠実な子なんだろう。これまで出会ってきた誰よりも、昌也の死と向き合っている。

自然と口から「凄いね」と感想が漏れていた。

「……どういうことでしょう？」彼女は涙目のまま首をかしげる。

「正直にわたしに明かせること。きっと誰もができることじゃないよ」

少なくとも加藤君は、二年一組の生徒たちが菅原拓を虐げていたことをボカシていた。それが普通だろう。被害者の姉にありのままを話せる方がどうかしている。

琴海ちゃんはわたしにハンカチを返した。

「以前、言われたんですよ。『自分から逃げるな』って」

病室の彼女が初めて笑った気がした。

「それは誰に言われたの？」

「師匠から」

「なにそれ」

「菅原君です」

琴海ちゃんはすまなそうに頷いたのちに、それでもハッキリと口にした。

「さっきも言ったように一時期、話す機会があったんです。香苗さんの前で言うセリフではないですが、わたしは彼を憎み切れないんですよ」

続けて彼女は「彼は何か大事なことを、わたしに伝えようとしていたんです」と笑う。

あまりに意外過ぎる言葉に呆然としてしまう。

彼女の天然さゆえの感想なのか。また違う彼の評価だ。教師たちが言う嫌われ者、母さんが言う悪魔、クラスメイトが言う空気のような存在とも全く異なる。

――どれが本当の菅原拓なんだろう？

知りたい。昌也のためだけじゃない。個人として彼の正体に近づきたくなる。

自然と前のめりになり、ノートを構える。

「ねぇ、琴海ちゃん。まずは事実を確認するね。事件後アナタたちは菅原をイジメていた。それについて昌也は激怒し、止めるように命じた。間違いないよね？」

「あ、あの」琴海ちゃんは瞬きをした。「わたしの推理、違ってます？」

「説明がつかないことがある。昌也の遺書には『菅原拓は悪魔だ』とあった。復讐を煽るような文言。菅原拓に対して仲間感情があったというのは無理がある」

「あ、そうですね……」

「でも面白い発想だとは思う。確かに、菅原拓と昌也は一時期、親友だったから」

「なんですかそれっ？　聞いたこともありません！」

昌也の恋人でも知らなかった事実らしい。

琴海ちゃんが目を丸くして、固まっている。信じられないようだ。

「真実なんですか？　昌也君はともかく、菅原君らしいですが」

「多分事実だと思うけど……菅原君らしいって？」

「え、いえ、誰にも話さないことが。わたしなら言い触らしそうなので」

それは菅原拓の性格というより、彼の交友関係が狭すぎるせいだと思う。

クラスメイトから聞いても、菅原拓には友人が全くと言っていいほど存在しない。母親との関係もあまり良いとは言えないようだ。

確かに菅原拓らしいと言えば、らしいのかもしれない。

彼の教室内の地位は、あのテスト結果が如実に表している。

人間力テストの最低辺。菅原拓という少年は教室の空気だった。


「……………………菅原拓らしさ？」

思考の果てに出てきた言葉が、ふと声になって出てきた。

琴海ちゃんが告げてくれた推理が大きなヒントになり、ある仮説が浮上する。

そんなまさか、と思い、ノートに書き集めた情報と照らし合わせた。決定的な証拠がなくてもいい。想像と論理を組み合わせて、状況を作り上げてみる。

成績、人気者、菅原拓の家庭環境、録音方法、無気力担任、情報のないイジメ、ＰＴＡ副会長のモンスターペアレント、友情――。

次の瞬間、緻密な計算が一つ現実として浮かび上がっていった。

「――っ！」と声にならない何かを発した。

示されたのは、身の毛がよだつような悪魔のシステム。

偶然とは思えない。寒気を覚える。

これまでのかき集めた情報の全てが示している――究極の菅原拓らしさ。

全身から汗が噴き出て、ノートを見つめたまま動けなくなってしまった。

「香苗さん？」

琴海ちゃんが不思議そうに尋ねてくる。

「香苗さん、電話鳴っていますよ」

「え？　あ、本当だ。ごめん」

ある一つの可能性に辿りついたとき、カバンから聞き慣れた着信音が響いていることに気がついた。集中しすぎて聞こえなかった。

「ここでいいですよ。通話くらいならＯＫですから」

教えてくれた彼女に礼を告げ、スマホを手にとった。紗世からの着信だった。

《お前の家のすぐ横に公園があるだろ？　そこに行ってくれないか》

険しい口調で彼女は言った。

《――菅原拓はそこにいる》

紗世は菅原拓の家をずっと張っていたのかもしれない。

なんてタイミングの良さだ。わたしも今すぐ彼に会いたかったのだ。

「ありがとう、最高の幼馴染」とだけ返事をして、電話をきった。

すぐ横では琴海ちゃんが不思議そうな顔をしていたので、短く「菅原君に会ってくる」とだけ伝えた。

彼女は目を見開いた。そして頷くと、ベッドの隣に飾られているスイセンの花を指差した。仄かな匂いを病室内に充満させている。

「菅原君が持ってきてくれたんです。看護師さんを通して」

彼女はわたしの手をとった。

「お願いです。すべて聞き出してください。わたしも知りたいんです。どうして昌也君が死んだのか」

言われるまでもない、そんなこと。

わたしは彼女の手を握り返して、病室から出た。

・・・

奇しくも、菅原拓は、かつて昌也とわたしがよく座っていたベンチにいた。

休日は野球で遊ぶ子供がいるほどの、全面芝生で覆われた広い公園。小山には大型遊具が城のようにそびえ立ち、その後方には桜の木が寒々しく並んでいる。池にはゴミが捨てられて、ペットボトルが舟のように浮いている。

綺麗な夕焼けだった。

全てがオレンジに染まる。橙色（だいだいいろ）の明かりはわたしの身体を優しく包み、世界を覆っていた。通い慣れた公園であったとしても、別世界に感じられる。

そんな情景の中心に菅原拓はいた。

菅原拓の第一印象をどう説明すればいいのだろう？

様々な人から教えてもらって想像した彼の様子とはどれも違った。

もちろん、説明通り、顔立ちも地味だし、身長だって小さい方だろう。筋力はとても乏しそう。教室で目立つような生徒じゃないとはすぐに分かった。

それでも、そんな外見に反するように、彼には微かに人を威圧させるような雰囲気があった。もしかしたら、それは彼が覚悟を決めてこの場に臨んだからかもしれないし、あるいは、わたしが緊張に呑まれているからなのかもしれない。

　十二月にもかかわらず、背中から汗が滲んだ。

　菅原拓は公園のベンチに腰掛けて、わたしの方を見た。

「昌也君のお姉さんですか。似ていますね」

　わたしが口を開く前にそう告げてきた。

　わたしは「そうだよ」とだけ答える。

　彼は視線をそらし、前かがみの姿勢のまま話し始めた。やや低い声。

「話すことはないですよ。僕は彼を自殺させた。事件の真相を調査しているようですが、それ以上のことはないですよ。お帰りになられたらどうです？」

「紗世からは『すべてを話す』って聞いたのだけれど」

「ごめんなさい。気が変わりました」

「なんでそんな挑発を繰り返すの？」

　やけに不遜な態度だった。これでは母さんの反発を喰らうのも理解できる。

　けれど、それは演技だ。クラスメイトたちが語る彼の姿とはかけ離れている。

　だから、わたしは怯まず「キミは嘘を吐いているよね」と告げた。彼から真実を聞き出すために。わたしが見つけた答えを彼に伝える。

「結論から言うよ。菅原君、アナタはイジメなんて行っていない」

「…………」

「ただ当事者が『ある』と断言するなら、イジメ自体はあったのかもね。けどアナタには無理。考えたんだ。誰も見ていないイジメなんて、どう成立するのか」

「…………」

「まず被害者の選定は大事だよね。わたしならね、話せる相手がいない子を選ぶ。友達がいなくて、親との関係も疎遠。特に教師からの評判が悪い子がいいね。元々家庭に問題があるなら、仮に殴られた痣があっても誰もイジメを疑わないかも。加害者側の印象も大事。周囲から疑われないよう優等生じゃないとダメ。クラスや部活の人気者。先生からも一目置かれている。加えて両親がモンペなら言うことないかも。何度も怒鳴って、経験の乏しい担任教諭を言いなりにしちゃうような。あとは証拠を残さないよう気を付けないと。『録音　バレずに』なんてネットで検索して、相手が録音を試みた時の対策をする。ここまで徹底すれば、ターゲットにされちゃった子は告発を諦めたくなるよ。後は誰にも見られない場所で心を折るだけ」

「…………」

「菅原君には無理なんだよ。誰がどう考えたって」

「…………………」

「それでも当事者が『イジメはあった』と断言するなら、答えは一つしかない」

辿り着いたのは受け入れがたい真実。

だが、他に考えられなかった。現実を認め、告げなくてはならない。

「アナタがイジメられていたのね――昌也含む、四人のクラスメイトから」

岸谷昌也が菅原拓をイジメた場合のみ、徹底的に管理された地獄が完成する。ただのイジメじゃない。完璧すぎる支配だ。

全校生徒でもっとも好かれていた少年の罪を、誰が信じてくれるのか。加えて、この菅原拓という少年は、あまりに被害者として適任なのだ。人から孤立しすぎている。それこそが菅原拓らしいと捉えてしまうほどに。

結論は一つだった。

「悪魔は岸谷昌也だった」

菅原君の目が微かに動いた。

「教えて。アナタはどうやって悪魔に立ち向かったの？　昌也と何があったの？」

わたしが自分の推理を告げると、初めて菅原は表情を変えた。蔑むような視線がなくなり、わたしを見上げていた。彼は二回か三回ほど口をパクパクと動かした。突然咳き込みだし、身体全体を振り子のように大きく揺らした。

まるで張り詰めた緊張を解いたような反応に呆気にとられる。

彼は嬉しそうに笑って「合格です」とだけ言った。

「やっと現れてくれた。自力で真相まで辿り着いてくれる人物が」

その意味までは教えてはくれなかった。

やがて彼は息を整えると口にした。

「ココアを買いに行く時間をください。そうしたら、話しますよ」

それは確かに笑顔だった。

けど何かが違う。クラスメイトが語った、『不気味』としか言えない笑み。

それでも、これで最後。

昌也が自殺した当日から、僕は部屋に引きこもっていた。

氷納先生や警察官が家に押し掛けてきて、「何も知らないのか？」と問い詰めてきた。

もちろん「何も知りません」と答えるしかない。昌也が自殺するなんて、まるで予定外なのだ。誰か僕の知らない人間が動いている可能性もある。

「僕は隔離されていた。アナタたちも知っているはずでしょう？」

そう言った途端、氷納先生から怒号が飛んできたけれど、どこかバツの悪さが滲んでいた。証拠がないのは、紛れもない真実だからだろう。

既に僕の行為は法律では裁けない。

警察署で事情聴取を受けたが、すぐに解放された。むしろ逮捕されたら救われたかもしれない。解放された僕はたった独り自宅で震えるしかなかったのだから。

いっそのことすべてを打ち明けるのはどうか？　――そう考えたこともある。

正直に僕の革命を伝えるのだ。そう何度も思ったが、結論は「無理」だった。僕の言葉が都合よく、周囲に信じてもらえるとは思えない。

だから、僕は為す術もなく、必要以外のすべての時間は部屋の中にいた。テレビをつければニュースに取り上げられていて、電源コードを抜いた。パソコンでネットを見れば、どいつもこいつも僕を叩いている。窓の外では動画投稿者らしき人間が僕の家にスマホを構えている。カーテンを全部閉めて、それでも落ち着かなくて、ガムテープで隙間を塞いで布団にくるまる。

震えるしかなかった。

地獄だった。

母親はすぐに家から出ていった。昌也の自殺を知り、たった一言「バカな真似をしやがって」と罵った彼女は貴重品全てを持ち出して、家から消えてしまった。

たった一人残された僕はみっともなく蹲るしかない。

「チクショウ、僕は、もっと力強く生きるんだ……無知な他人に笑われようが、へらへらできるようなクズになるんだ……」

負けてはいけない。そう決意した日を思い出す。どんな犠牲を払ったとしても、僕は進み続けると。正真正銘のクズになる、と。

けれど、昌也が最後に僕へ下した罰はあまりに重すぎた。

日本中が僕に「死ね」と叫んでいる。

ベッドの中で肩を震わせていると、机にあったスマホが鳴り響いた。どうせクラスメイトか誰かが僕を罵っているのだろうと舌打ちをした。電源を切ろうと思って、僕は身体全体を伸ばすようにして手に取る。

メールが届いていた。件名には『ソーさん』と書かれている。

《チャットに顔を出さないから心配したよ。これがキミの望んだ結果かい？》

「違う！」

強く叫んだ。それから叩きつけるように文字を打ち、彼へ送信した。

《こんなもの望んでいなかった。昌也の自殺なんて想像もしなかった》

メールはすぐに返信されてくる。

《……だろうね。さすがのキミも誰かの死を本気で願うような人間じゃないだろう。だがね、キミが原因であることは間違いないだろう？》

《うるさい》

《正直、残念に思っている。キミに期待していたのに。いつかは私に相談してくれるのではないかと。それが、この結果だなんて》

《黙れ》

《ねぇ、菅原君。キミの人間力テストは学年最下位じゃないんだろ？　つまり、誰かがキミに投票した。石川琴海かもしれないね。キミに期待した人だっていた。その可能性について少しは考えたりはしなかったのかな？》

《黙れ。黙れ。いちいち、僕を見透かすような言い方するな》
《なのにキミは逃げたんだ。キミに期待していた存在を裏切り、他者を無差別に傷つけ始めた。そのせいで彼女は意識不明だ》
ソーさんはメールを送り続けてくる。
《残念な菅原君》
スマホを壁へと放り投げた。鈍い音をたて、壁に小さなヘコミをつくって、スマホは僕のもとへと跳ね返ってくる。画面が割れた以外に破損はなかった。電源は問題なく入っている。非力な自分が嫌になる。
何回か深呼吸をしたあと、机によりかかって目を閉じる。割れた画面を指でなぞって、ざらついた感触を感じ取る。溜息を吐き、ソーさんにメールを送った。
《おまえは何かを知っているんだろう？　なんで昌也は死んだんだよ？》
計画が狂いだしたのはコイツが意味深なメッセージを送ってきてからだ。何かを知っているべきなのだ。
《おまえのせいで昌也は死んだんじゃないのか？》
《責任を転嫁しても状況は好転しないよ》
返ってきた内容はひどく素っ気ないものだった。
メールの最後にはこう書かれていた。

《今は己の愚かさを悔い、みっともなく泣きじゃくるといい。反省しなさい》
僕は以降も何通もメールを送った。けれど、もう返ってくることはなかった。
ソーさんは僕のもとから姿を消した。

昌也が亡くなった日の深夜、母親が一度戻ってきたらしい。

現実から逃げるように眠っていた僕は気がつかなかった。翌朝テーブルに置かれていた手紙を見つけて、その事実を知った。手紙には『アナタと縁を切る』とだけ記されており、しわくちゃの一万円札が二枚だけ置かれている。手切れ金のようだ。

笑い飛ばそうとしたけれど、うまく表情筋が動かない。自然と膝から力が抜けて、母親からの手紙を握りながら床に倒れ込んだ。

「あの人は結局、最後まで僕の言葉を聞いてくれなかったな……」

僕は親にさえ捨てられた。

誰もいない部屋はまるで牢獄（ろうごく）のようだった。


食欲は減退していった。事件を意識をすれば、胃が握りつぶされるような感覚に陥っていく。何かを口に入れても、その度に吐くことを繰り返す。

そんな生活でも頭は働かせなくてはならない。

――どうして昌也は亡くなったのか。

その疑問以外は全て些末な問題だった。

だから僕は深夜十時に家を抜け出し、ある人に会いに行く。

目的の家のチャイムを何度も鳴らし、扉を蹴り飛ばす。すぐに中年のおばさんが顔を出した。そいつを突き飛ばして、靴のまま家に上がり込む。

「加藤幸太！」

力の限りに叫んだ。

「出てこい。いるんだろ？」

廊下の奥からジャージ姿でマヌケ面を浮かべた加藤幸太が現れた。表情がすぐに怯えに切り替わったのを見逃さずに接近すると、彼の胸ぐらを摑んだ。

情けなく頓狂な声をあげる彼の身体を壁に叩きつける。

「昌也にイヤガラセをしたのは、お前だな？」

傷害事件後、昌也の靴箱に虫の死骸が入れられた。頭の中で何度も犯人が誰かを考えると、そんな馬鹿なことをする人間の予想がついた。

「バレないとでも思ったのか？　あのタイミングなら、なにをやっても僕に罪を押しつけられると思ったのか？」

加藤幸太は首を振った。

「ち、違う。嘘をつくな。あ、あれは菅原がやったことだろ？」

「事件後、僕は昌也にも昇降口にも近づかなかった。それは学校の誰もが知っている」

「だとしても俺だって根拠はあるのか？　何を証拠に——」

「自ら進んでマスコミに事件を吹聴しているやつが、一番疑わしい」

加藤の口から間抜けな声が漏れた。

その声を聞いて、僕は加藤の顔を殴った。隣で母親が小さな叫び声をあげる。

「お前なんだな？　昌也に嫉妬し、狡いイヤガラセをしたのは」

倒れた加藤の頭を思いっきり踏みつける。

こんなやつ、もっと痛めつけていい。

怒りに身を任せようとしたが、加藤の前に彼の母親が立ちふさがった。「警察呼びますよ！」と涙ながらに叫んでいる。居間の電話機を叩き壊してやろうかと思ったが、なんとか我慢した。

もうコイツらなんかどうでもいい。

強く舌打ちをし、玄関に足を向ける。母親という存在が憎たらしくて仕方がない。

そんな風に考えると、僕の後ろで誰かが何かを叫んだ。

「俺だってこんなことになるなんて思ってなかったよ！」

加藤幸太だ。

僕が帰ろうとして安堵したのか、威勢良く喚いている。

「そもそも原因を作り出したのは、お前じゃねぇか！　責任押し付けんじゃねぇぞ。この悪魔がよぉ！　俺たちの！　クラスのヒーローを殺しやがって」

「……なんでお前が正義側みたいな発言しているわけ？」

僕は振り向いて告げる。

加藤は苛立たし気に「当然だろ」と怒鳴った。

「俺がやったのは一回だけだ！　他のやつだって、マサに何かやったかもしれねぇだろ。マサが死んだのは、俺のせいじゃない！　マスコミに情報を流しているのは、自己弁護じゃねぇよ。事件を明らかにするためだ」

「凄いね。全てを棚にあげて、僕を糾弾する側に回るんだ。なに？　負い目？」

「うるせぇ、ヒトゴロシ」

僕がヒトゴロシ。だったら、お前は昌也を殺していないとでも？

彼にぶつけたい罵倒は千以上あったが、どうせ僕並みに馬鹿な脳みそに言ったところで伝わらないだろうし、伝わったとしてもどうしようもない。

だから、僕がやったのは、ただの八つ当たりだ。

「マヌケな生物って録音の警戒とかできないのかね？」

ポケットから割れた画面のスマホを取り出して、見せつけた。

加藤の顔から一気に血の気が引いていくのが見えた。情けなく肩を震えさせる。

「良かったな。慰めてくれるママが横にいて」

そう嘲って、加藤の家から去っていくことにした。

冬空の下で、殴った際、加藤の歯にあたって皮膚が剝けた右手を擦る。勝ち誇る気分など味わえるわけもない。怒りに身を委ねたことが、より一層惨めだった。道中で僕は吐いてしまった。電信柱にもたれながら呼吸を落ち着かせる。

「チクショウ……」

本当は録音なんて一切していなかった。デマカセだ。本当に僕は詰めが甘い。怒り任せに突撃してしまっただけ。自分の無能さにほとほと呆れる。

だが、たとえ録音などあったとしても、どの道、すべての罪は僕のものになるだろう。たかがイヤガラセ一つで昌也が死ぬはずもないし、僕が持ってきた証拠をまともに扱ってくれるとも思わない。

不思議と理解した。これ以上、黒幕を探しても無駄だ。きっと小さな悪意を見つけるだけに終始する。

昌也を殺したのは紛れもなく僕なのだ。

昌也が亡くなって二日後、愛すべきクラスメイトたちから一通の手紙が届いていた。郵便受けなんてしばらく確認していなかったのだ。

本文は三十行ほど。でも、みんな一緒の文章。筆跡は一行一行バラバラ。

『マサを殺した悪魔は死ね』

これだけがズラリと一面に並ぶ。

僕と昌也、石川さんを除いたクラスメイト三十二人分の怨念だった。

それで鼻をかんで、くしゃくしゃに丸めてからゴミ箱に捨てた。

加藤幸太の家に行った以外にも夜になれば度々外に出た。

食欲はなくても、何かを口に入れないと無性にイライラする時がある。「カルシウム不足」「鉄分不足」とかでストレスがたまっているのだ、と推測し、夜のコンビニに足を運ぶ。牛乳は必ず購入。おでんや唐揚げ串を買って、外で食べた。家で食べるとどうしても吐いてしまうから。

一番気に入った場所は歩道橋の上だった。

久世川市の国道はたとえ深夜十二時でも数多くの車が走っている。都市から都市へ、通り過ぎるだけの道路。

夜の長い道路の果てを眺める。その上で食べるホットフードは格別の味だった。複数の車のテールランプが作る赤い線を見つめながら、トラックの荷台に乗って、逃げていけたらいいと願う。

曇り空の日が続いた。十二月の寒さが身にしみる。胃に物を入れる。

本物の星空はどこまでも遠くて、僕には見えない。

再び動き始めるまでには、昌也の死から五日を要した。

苦しみぬいて決断したのは革命の再始動だった。ほかに選択肢なんてなかった。ここで違う進路を選び取るには、あまりに失いすぎていた。

ヤケクソであり、ただの破滅願望。

「すべてが僕の敵だ。けれど、それがなんだ。世間では僕の死刑を叫び、マスコミは僕を異常者とし、親は見捨て、友達には縁を切られ、クラスメイトにも『死ね』と言われる。でも、元々、僕の日常に味方なんかいなかったじゃないか……全世界の誰も、僕に愛なんか注がなかった。それこそが僕じゃないか」

昌也は命をかけて僕の革命を壊した。

だから革命は次の段階に移行する――「第二次革命」だ。

「ねぇ、昌也。もう一度、僕はキミと闘うよ」

今度は僕が人生をかけ、世界を変える番だった。

それは苦しい選択だった。

たかが中学二年生にできることは限られていた。

今までの計画はすべて昌也に打ち壊されていたし、むしろすべてが僕に牙を剝いていた。僕の発言はすべて空虚な言い訳にしかならないし、なにより明確な指針の消失は革命にとても大きく影響を及ぼしていた。

僅かな生活費を使って、この三日間で、五十六杯の紅茶、五十三粒ほどのガムを消費していた。五十七杯目の紅茶を飲むために、僕はお湯を沸かして、ゆっくりと思考を繰り返す。計算と自己反省を繰り返す。

けれど、あまりに追い詰められた状況では何もできず、やったことと言えば、昌也の家の玄関先に猫の死骸と犯行予告みたいな手紙を入れたぐらいである。昌也の母親とは二度と会いたくないと思っていたが、『彼女』という莫大(ばくだい)なエネルギーをどうにかしない限り成功しそうにない。猫の死骸は国道に落ちていたのを回収した。

状況が大きく変わったのは、昌也の死から七日が経った夜だった。

夜の歩道橋の上でポテトチップを食べていたときである。

フードコートで出会った、背の高い女性が目の前に現れたのだ。

「よぉ、たっきゅん。探したぜ」

紗世、と名乗っていたなと思い出した。女性にしては明らかに背の高い人。真っ黒なパンツルックがこれほど似合う人を僕は見たことがない。錆びだらけの歩道橋にいるのが場違いとさえ感じられるほどだ。

だが、訳の分からない名前を呼ばれたので人違いかもしれない。

「たっきゅん、って誰です？」

「知っているよ。一応、本名を呼ばないよう配慮したんだがな」

本名、という言葉を聞いた時、咄嗟に身を引いてしまった。

紗世さんはどうやら僕の名前を知っている。僕の名前は今やネット中に晒されている。クラスメイトをイジメの末に殺した、悪魔として。

「何度も家の前まで行ったよ。全く出てくる様子がなかったから、張り込んでいたんだ。タイミングが合って良かった。危害は加えないから安心しろ」

彼女は素早い動きで腕を伸ばして、僕の襟を摑んだ。いとも簡単に捕まってしまう。彼女の腕を振りほどこうとしたが、すぐに体勢を組み替えられ、歩道橋の手すりに身体を押さえつけられた。

冷たい金属の感触が服を越えて、胸もとに伝わってくる。

安心しろ、とはかけ離れた状況だ。

「なんですか？」僕は唸るように言った。「また飯でも食いたいんですか。地面に落としたポテトチップならありますよ」

「こうでもしなきゃ逃げるだろ、お前は」

「逃げようとしてから拘束してくださいよ」

「どっちでもいいだろ。それより聞かせろ。お前は岸谷昌也に何をしたんだ？『革命』ってなんだ？」

キツイ声音で質問をぶつけられ、この人も僕を責めるのだ、と気づく。

かつて励ましてくれた彼女も僕の罪を問う。

なんて惨めなんだ、と歯を食いしばっていた。

みんな、僕から離れていくのだ。誰一人として味方なんていない。

胸の奥から哀しみが湧き起こってきた。クズはこんなにも生きにくいのか。これほど過酷なのか。嗚咽に似た衝動がこみあげてくる。苛立ちに身を任せ、紗世さんの足を強く踏んでやった。けれど、彼女は僕への締め付けをより一層強くするだけで、ビクともしなかった。「チクショウ」と口から言葉が漏れる。

「真実なんて単純だよ！　僕は彼らをイジメていたんだ！」

僕は歩道橋の上で咆哮(ほうこう)していた。

「だから、ネットでバラしやがった連帯責任で昌也を水筒でぶん殴り、そのあともジワリジワリと追い込み続けた。そして、昌也は自殺した。ざまーみろ！」

もう止まらなかった。

計画など革命など、あらゆるものを放り投げて感情任せに喚くしかない。

だって、日本中がそれを望んでいるんだろ？

それがみんなの幸福なんだろ？

「イジメってのは画期的な発明だよなぁ！　将来の夢も国家の命運をかけた使命もない、ひたすらに生温(なまぬる)い空間に、若さ溢れる人間を三十人も閉じ込めるなんて退屈なだけだぜ！　そんな生活への清涼剤！　刺激がなきゃ人間生きていけないだろうさ！」

チクショウ。チクショウ。チクショウ。

「動機？　ただの嫉妬だよ！　僕の初恋の相手がなにせ昌也の彼女なんだから！　しかもやつは人気者！　ターゲットとしては申し分ないだろ。まさに革命！　すげぇカッコイイじゃん！　これこそ完璧な完全犯罪じゃん！」

チクショウ。チクショウ。チクショウ。

「だから、僕は復讐を続けるのさ！　昌也の母親も許さない！　くだらねー説教かましてくる氷納も殺すっ！　殺し損ねた石川琴海も許さない！　すべて許さない！　みんな、死んじまえ！」

「たっきゅん、もういい！」

耳元で叫ばれた声。それから彼女の腕の位置が変わったことで、僕は正気を取り戻した。僕は抱きしめられていた。高い位置から僕を包むように長い腕が回されていた。

彼女の顔が後頭部に押しつけられているのが分かる。服越しに体温が伝わってくる。

「もういいよ、お前が誰かをイジメられるわけないいんだ……」

彼女は絞り出すような声をだした。

「木室隆義と電話で話した。どう考えても、悪いのはアイツじゃんかよ。上辺の情報しか知らない人間には分からない。証拠と証言しか見ない警察や学校には分からない。でも、誰がどう見ても、お前が悪いわけないじゃんか」

「なんですか、それ……論理的じゃない」

「論理の問題じゃない。そういうのは伝わる。勘だよ。それじゃあダメなのか？」

ダメだろ、と思ったけれど、口にはできなかった。

何も出てこなかった。無性に泣きたくなった。泣かないと革命前に決めたのに。

無抵抗のまま歩道橋の上に立ち続けていた。紗世さんに抱かれたまま、歩道橋の下を通っていく車を眺め続ける。まるで僕のことなど目に入らないようにスピードを落とさずに車は駆け抜け、僕らの立つ歩道橋を僅かに揺らした。

しばらく時間が経ったあと、僕は紗世さんの腕を優しく振りほどいた。子供じゃないんだから、いつまでも甘えるわけにはいかない。

「お前は子供なんだから、もっと甘えていいんだぞ」

僕の心を見透かしたように紗世さんは言った。

首を振った。

「もう十四歳ですよ。声は低くなっているし、オナニーだってできる」

「下ネタ好きなんだな。お前って」

紗世さんは笑った。

「おまえに何があったのか、話してくれないか？」

「どうして？」

「昌也の姉が事件を調べている。私は助手だ。アイツに会ってくれないか？」

たしか岸谷香苗さんと言ったはずだ。昌也が何回も語ってくれたから覚えている。

革命の可能性を考えるなら会うべきかもしれないけれど、危険な気がした。

「嫌ですよ。どうせ会っても信じてくれないでしょうし、僕の言うことを百パーセント真に受ける馬鹿も嫌いです」

「大丈夫だよ。香苗はメンタルが多少脆いが、冷静な視点も持ち合わせている」

「信頼できませんね」

「なら本当にこのままでいいのか？　放っておいたら、アイツがお前に復讐するかもしれないぜ。暴力も辞さずにな」

「脅迫じゃないですか。冷静な視点とやらはどうしたんです？」

「冷静に復讐されることもある。お前はどれだけアイツの心を傷つけた？」

微かな批難を滲ませたあと、紗世さんは自身の胸もとを拳で叩いた。

「ただ申し出に従ってくれるなら――私はお前の味方に回るよ」

オーバーなボディランゲージと紗世さんの弾けるような笑顔。

僕は彼女の真剣な瞳を見つめながら、頭を働かせた。けれど、先ほど妙な興奮状態になったせいか、思考はなかなかまとまらなかった。

「分かりました」と促されるままに言ってしまう。

紗世さんがそこまで言うのなら、会ってみようじゃないか。

岸谷香苗に。僕が自殺させた相手の姉に。

もちろん、理解している。

なにせ初恋の人には殴られ、親友には自殺され、親には捨てられ、クラスメイトには

「死ね」と罵られ、ネット上の友人にさえ見捨てられて、日本中から「死刑にしろ」と叫ばれているのが、僕なのだ。

ただ女性に抱きつかれたくらいで、心を許してしまうなんて愚か極まる。

信じた人には裏切られる。


翌日、僕はベンチにいた。

僕が紗世さんに提示した条件は二つだった。

一つは、僕と会うことは直前まで隠しておくこと。

二つは、日時と場所は僕に決めさせてほしいこと。

そんな約束を経て僕は午後四時頃、昌也の家から徒歩五分圏内にある公園にいた。何事もなければ、香苗さんはここに来る。

「もしかしたら、彼女が最後のピースになるかもしれない」

僕はスマホのイヤホンジャックを手でいじりながら、考える。昨日の歩道橋と違って、大分思考は落ち着いてきた。

もう恥ずかしい失態は見せないようにしよう。冷静に対処する。

第二次革命を完遂させるのだ。

「それに僕からも彼女に尋ねたいことはある」

僕が何も知らないと思ったら、大間違いだ。

僕は、岸谷昌也の同盟相手なのだ。彼との会話は一言一句、思い出せる。彼がどんな思いで僕に話しかけ、そして親友になってくれたのか。僕は全て心に刻んでいる。

久世川中学で起きた事件で、誰も気づけていない謎の真相。

――五月、岸谷昌也の体操服が何者かに切り裂かれた。

それはある意味で全ての発端。その一ヶ月後にイジメは始まる。

詳しくは知らないが、多くの大学四年生が苦しむ時期らしい。内々定がなければ、地獄の就活が続いていく。繰り返される面接。他人から評価され続ける地獄。そんな折、ふと実家に戻った時、周囲から好かれ、親からの期待を一身に受ける弟を見た時、何を思うか。

せっかくだから本人に確認しておこう。

香苗さんはどうして昌也の体操服を切り裂いたんですか、と。

「テメーだけ無関係の探偵でいられると思うなよ」

嫌われ者のクズとして、生意気な独り言を漏らしてみる。

後ろの方で足音が聞こえた。

それでも、これで最後。

『☆二年一組グループ☆』　十二月十四日　十八時二十五分から

―瀬戸口観太が菅原拓を招待しました―

―菅原拓が参加しました―

あやか　　：菅原シネ

このは　　：死ね

華加（はなか）　　：てか　なんで招待したん？

瀬戸口観太：無視し続けるから。説明責任を果たさせる

瀬戸口観太：彼のせいで俺らまでネットで叩かれるのは納得がいかない

瀬戸口観太：イジメを無視した級友だとよ。本気で迷惑

みれい　　：グループに参加してくるメンタル、やばすぎだろ

こーた　　：誰か石川さんとは連絡つかないん？

こーた　　：まだ病院？

ほのか　　：全然分かんない。無事みたいだけど、不安

みれい　　：ストップ。菅原に余計な情報を渡すな

瀬戸口観太：菅原、見ているのか？　お前はマサの弱みを握って脅迫したのか？

じゅん　　：そうだろうけど、それをここで公開するのは違うでしょ
キューのユキ：まずは謝罪。土下座。はやく
ようき　　：おれらの仲間を殺して、ただで済むと思うな
あやか　　：コージ達も何か言って
すぬー　　：今はやめろよ。放っておいてやれ
ほのか　　：とっくに退会しているからな。連絡つかん
ほのか　　：シュンスケはまだグループ内にいるよ。喋らないけど
菅原拓　　：菅原はなにか喋れよ
菅原拓　　：わざわざ招待しといて
ララ花江（はなえ）：なに？
じゅん　　：死ね。『なに？』じゃねぇよ
なのえ　　：さっさと自殺しろ。殺人犯
古田美春（ふるたみはる）：死ね
菅原拓　　：死んでください
あやか　　：どうして昌也を助けられなかったの？
すぬー　　：はあぁ？
　　　　　：意味不

華加　　　：シネシネシネシネシネシネ
菅原拓　　：答えてくれよ
瀬戸口観太：ん？　なんで、お前が仕切ってるん？
このは　　：調子のんな
菅原拓　　：どうして昌也は亡くなったの？　誰も知らないの？
ララ花江　：殺人犯、うぜえええええええええええええ！
ユキ　　　：『答えろよ』（キリッ）　かっけぇｗ
もりぃ　　：とっとと自殺しろ
菅原拓　　：お前たちは何も知らない。そんなマヌケの割に発言だけは一丁前だ
このは　　：マヌケはお前だ。英語の成績、何点だよ？
じゅん　　：人間力テストは何位なんでちゅか？　陰キャボッチくん？
華加　　　：病院行け
ようき　　：んで自殺ね
すぬー　　：お前がイジメたから、昌也は自殺した。昌也の遺書にもそう書いてあった
の！　それが真実じゃん。ばかじゃねぇの？
瀬戸口観太：菅原のような人間に「友情」は理解できないんだろうな
菅原拓　　：チャットグループで、口先だけで集団リンチすることか？

瀬戸口観太：違う
菅原拓　：違わねぇだろ
菅原拓　：昌也を死なせて、その理由も分からず、ただ罵倒するだけ
菅原拓　：わざわざグループに招待して、他にやることないのか
なのえ　：うるさい、死ね
ララ花江：なに語ってんの？　キモ
華加　　：なぁ、この文章マスコミに送らね？
華加　　：日本中に晒してやんの
ユキ　　：菅原語録（笑）
じゅん　：また我々が有名になってしまう
ララ花江：もう勘弁して。菅原と一緒の教室にいただけで黒歴史
シュンスケ：自殺しろ
ほのか　：シュンスケエエエエエエ！
瀬戸口観太：超久しぶり！
華加　　：体調大丈夫なん？
シュンスケ：菅原、今までビビッていたけど、勇気出して言うわ
シュンスケ：マジで自殺しろ。いい加減、理解しろよ

シュンスケ：このクラスだけじゃない。日本中の全員が、お前の自殺を望んでいる
シュンスケ：それが日本の最大幸福だ。正義なんだ
シュンスケ：みんなの幸せのために自殺しろ
すぬー：シュンスケ、かっけえぇぇ！　同感！
じゅん：超良いこと言ったわ
ようき：じ・さ・つ！　じ・さ・つ！
こーた：さっさと自殺！　しねしねしねしね！
あやか：シュンスケ、惚れるわー。菅原は自殺
なのえ：死ね。菅原、死ね。みんなの願いを一つに
菅原拓：やっと出てきた。キミとは一度、話をしておこうと思っていたんだ
シュンスケ：あ？
菅原拓：そのためにわざわざグループに参加したんだよ
菅原拓：お前らが気づかない真実を教えてやる
シュンスケ：なにがだよ
菅原拓：もう一度聞くよ。昌也がどうして亡くなったか？
菅原拓：本当に『菅原拓がたった一人で自殺に追い込んだ』と思っているの？
シュンスケ：黙れ。お前はもう何も口にするな

シュンスケ：お前は、何も語らず死ねばいいんだ
菅原拓：なに慌てているんだよ、二宮
菅原拓：まるで『僕が黙らなきゃ不都合がある』みたいじゃないか？
菅原拓：ただの確認だ。『僕に協力者がいた』可能性は考えなかったのかと
シュンスケ：勝手なことを語るな。発言権なんてねぇんだよ
菅原拓：つまりさ、
菅原拓：『二宮俊介が菅原拓の協力者である』
菅原拓：そうは思わないの？　全部、納得いくだろう？
シュンスケ：嘘をつくな！
菅原拓：なら説明しろよ、二宮。僕がどうやって四人の人間を支配したんだ？
菅原拓：当事者のお前が知らないはずないだろう？
シュンスケ：菅原、調子に乗んなよ
すぬー：いや、でもさ正直、教えてくれよ
あやか：確かに。シュンスケを疑うわけじゃないけどさ、いい加減、話してよ
華加：仲間だよ。事情があるなら相談にのるからね
シュンスケ：お前ら、馬鹿か？　なに菅原の口車に乗ってんだよ！
瀬戸口観太：いや、菅原の言葉とは関係ない

瀬戸口観太：俺たちも気になっているんだ。どうして昌也が自殺したか？　何か心当たりがあるんじゃないか？
菅原拓　：まぁ、話せるわけがないんだけどね
菅原拓　：僕に全部の罪をかぶせて、終わらせるつもりなんだから
シュンスケ：菅原は黙ってろ！
じゅん　：じゃあ教えてくれよ、シュンスケ。裏切り者じゃないなら
もりぃ　：お願い、シュンスケ。マサの件、なんでもいいから
ララ花江：シュンスケ、話してよ
ひょーた：シュンスケ、頼む
このは　：少しでもいいからさ
すぬー　：どうして語ってくれないの？　なにか理由があるの？
ユキ　　：本当に菅原の協力者だったの？
シュンスケ：ふざけんな

――シュンスケが退会しました――

あやか　：え、なんで何も言えないの

ララ花江：もしかして、ホントなの？
じゅん：嘘だろ？
菅原拓：嘘だけど？
あやか：は？
菅原拓：全部、嘘だよ。二宮は僕の協力者じゃない
すぬー：お前、いい加減にしろよ！　シュンスケにまで！
もりぃ：最悪。本気で死ねばいい
菅原拓：僕が悪いとでも？　散々、罵倒していた僕が少し誘導したら、よってたかって尋問した。これも僕の責任か？
菅原拓：正確に言えば僕は嘘さえついてない。『可能性』を指摘しただけだ
菅原拓：彼がグループを退会するまで傷つけたのも全部、僕のせいか？
菅原拓：お願いだから、気づいてくれよ。結局、お前らがやっているのは馴れ合いなんだ。集団の最大幸福とやらに従っているだけだ
菅原拓：昌也を護れない。菅原を殺せない。二宮を傷つける
菅原拓：人間力テストだなんて馴れ合いのうまい奴のランキングだ
菅原拓：こんなもの能力の一つでしかないんだ
菅原拓：狭い教室にずっと囚われて。それに気づかないお前らは異常だよ

古田美春：もしかして
古田美春：それが、菅原のやりたいことなの？
すぬー：「それ」ってなに？
古田美春：なんでもない。ただ、ちょっと共感できた
あやか：意味不明。しかもシュンスケにまで酷いことして
じゅん：古田さん、なに言うてるん？
なのえ：わたしは理解できない
ようき：僕はほんの少しだけ分かった
ようき：でも、昌也を殺したことは別の話だろう？
菅原拓：そうだよ。別に僕はキミたちに望むことは一つもない
菅原拓：無理な話だね。昌也を自殺に追い込んで、都合の良いことは言わないよ
菅原拓：さようなら。二宮と話せた以上、もう興味はない
菅原拓：死ぬまで僕を罵っていればいい
菅原拓：気に食わない者を排斥して、最大幸福に縋って長生きしてろ
菅原拓：僕の革命を、嘲笑しながら見ていろよ

——菅原拓が退会しました——

革命前夜

五分ほど経って、菅原君はホットココアの缶を両手に戻ってきた。逃げたんじゃないかと思って警戒したので安堵した。お金を払うと主張したが、彼はビターか甘めのどちらが好きかと尋ねてきたので、わたしは甘めと答えた。お金を払うと主張したが、彼は黙って首を振った。無理やりお金を差し出すと、嫌そうな顔をしたのちに受け取ってくれた。

彼はわたしの隣に腰掛けると、プルタブを開けた。だが結局、飲みはしない。

寒空の下、広い公園の片隅で黙り合う時間が続いた。吸い込んだ空気は乾燥している。だが屋内に入る気分にはなれなかった。かつて昌也と遊んだ遊具が、視界の端に立っている。

「昌也は本当にアナタをイジメていたの？」

「はい」菅原君は即答した。「証拠はありませんがね。昌也はそんな間抜けなミスは犯さなかった」

「どうして、そこまで……菅原君は昌也に恨まれることをしたの？」

「さぁ、どうでしょう？」

菅原君の素っ気ない態度を見て、質問を間違えたことに気がついた。事件について知りたい気持ちが強すぎて、最低な質問をした。

人が誰かを虐げる時、加害者には理由なんてないのだ。

「……僕から好きなように語らせてもらっていいですか？」

しばらくの沈黙のあとで彼はそう言った。

「長い話になるかもしれませんが、その方がいいでしょう。丁寧に話します。一方的に喋りますので、質問はあとでまとめてしてください」

わたしは頷いた。

知らなければならない。たとえ、どんな真実があろうとも。

・・・

「僕が話すうえで、一つお願いごとがあるんです。意味不明かもしれませんが、僕にとっては大切な約束なんです」

「――内心で僕を嘲りながら聞いてほしい」

「お願いします。安心するんです。少なくとも、僕の自己評価が一致するから」

「僕と一つになれる。そのためになによりも大切な儀式です」

「では、語りますね。どうして昌也が亡くなったのかを」

「元々、僕と昌也とは親友でした。信じられないかもしれないけれど、きっと彼も同じように思っていたはず。キッカケは一年生の十月頃に昌也から話しかけられた時」

「少し話して気づいた。僕たちは真逆の存在だって」

「人気者とクズ、そして、親から過剰な期待をされた者と、全く視界に入れられなかった者。彼にとって僕の会話は新鮮だったようです」

「真逆であるがゆえに、僕たちは合わせ鏡のようだった」

「僕にとって、人気者の世界は未知だった。彼らが抱えている苦悩なんて昌也から聞かされるまで知る由もなかった。昌也も同じ気持ちだったかもしれない」

「話すのは大抵、放課後。部活終わりの彼といつも公園で遅くまで話していた」

「ちょうど――このベンチですよ」

「学校のみんなは、僕たちの関係に気づかなかったでしょうね。僕がお願いしたんです。教室じゃ絶対、僕に話しかけないようにって」

「――僕なんかと仲良くしているってバレたら、昌也に迷惑をかけるから」

「昌也は戸惑っていましたが、最終的には了承してくれました。当時の僕は一部の生徒からめちゃくちゃ嫌われていた。それに昌也は、石川琴海さんのフォローに手一杯だった。誰にとっても都合が良かった」

「昌也との関係は、誰にも知られる必要なんてなかった」

「幸せな時間だった」

「一緒に帰ってスナック菓子を二人で分け合って、他愛のない話で何時間も盛り上がった。学校のことや家のこと、将来の話から石川さんとのデートプランまで」

「昌也は、僕の前ではリラックスしているようだった」

「他の人は気づかないかもしれない。けれど、昌也はずっと学校で気を張っていた。そりゃそうですよね。母親も先生もクラスメイトも恋人も、彼には優等生であることを強いたから。遅刻なんてすれば、悩みがあるんじゃないかって心配されますよ」

「その点、僕は誰からも避けられていたクズだったから」

「世界で一番気を遣う必要のない相手ですよ。ある意味では舐められていたって話だけど、僕にはそれが心地よかったんです」

「週に一回か、二回、公園に集まっていた」

「あの頃に戻れたら、と今でも夢を見ます」

「けれど、ある日を境に昌也は変わり始めた。いや、そもそも昌也は病んでいた。だから気晴らしを求め、僕なんかを話し相手に選んだのかもしれない。それでも止められなかった。なにが彼を苦しめてきたか。香苗さんは、分かりませんか？」

「――期待しすぎなんですよ、どいつもこいつも」

「教師もクラスメイトも親も恋人も、昌也を比類なき天才として扱った。非の打ち所がない優等生。もちろん僕も最初は、そう思っていた——けれど違う」

「彼は僕たちと同じ、ただの中学生だったのに」

「家でも学校でも休日でも平日でも『優等生』を強いられる」

「彼はその圧力を無視できなかった」

「『人間力テスト1位』『全生徒の模範的な存在』——その自分に囚われてしまった」

「それぞれの人格を採点し合う。順位を付けて、上位にへりくだり下位を見下す。あの中学校の教室で、彼は模範として誰よりも正しい人間であろうとした」

「クソ田舎のちょっと秀でていただけの中学生が、聖人であることを強いられた」

「彼は常に苛立っていた。僕の前では教師もクラスメイトも家族も口汚く罵って、少しスッキリしたような、自己矛盾に哀しむような顔で公園を去った」

「そして翌朝は教室で優等生として振る舞う。人間力テスト1位として求められる行動をこなしてみせる。いつか限界が来てしまうのは明らかだった」

「二年生の六月、全てが終わってしまった」

「僕が変わらない日々を信じて、この公園に来ていた時だ」

「僕より少し遅れてきた昌也は三人の友人に尾行されていた」

「僕が恐れていた事態だった。きっと頻繁に放課後、一人で過ごす昌也を不思議に思ったのかもね。三人は公園で僕の姿を見つけると、嘲笑した。昌也の前で徹底的に蔑み『昌也と釣り合うと思ってんのかよ?』とか『立場を弁えろ』って」

「その上で昌也に『こんなダサい奴の面倒みなくていいよ』と説得し始めたんだ」

「ショックだった。二宮君も渡部君も木室君も一目置いていた。彼らが僕よりもとびきり優秀な人間だと尊敬していた」

「僕は恥ずかしさに耐えながら、昌也が追い返してくれると信じていた」

「けれど、彼は口にしたんだ。『悪い、拓。分かってくれるだろ?』って」

「彼は、僕の頬に拳を振るった」

「二宮君たちは嬉しそうに笑った」

「まるで意味が分からなかった」

「今でも彼がなぜそんな選択をしたのか、理解しきれていない」

「ただ事実として、彼はストレスのはけ口に僕を選んだ」

「僕は、切り捨てられた」

「最初は、一発か二発、殴られる程度だった。けれど少しずつヒートアップした。公園の奥にある裏山に連れて行かれ、殴られ、踏まれ、生きた虫を飲み込ませられ、腹を殴られ、裸の写真を撮られ、生活費を奪われ、自慰をさせられた。昌也はどこを殴れば痣が残らないかをあっという間に習得した。完璧に完全に誰にも見つからなかった」

「それでも僕は公園に行った」

「いつの日にか、昌也が正気を取り戻してくれることを信じて」

「けれど、彼はのめり込んだんだ」

「二宮君や木室君、渡部君も同じように快楽に酔いしれた。基本イジメなんて、人間力テストの点数を下げかねない愚行だよ。学校じゃ控える。けれど、そんなリスクは考えなくてもいいからね。だって、全てを管理してくれる頼れる天才がいたんだから」

「岸谷昌也は、人を支配する快感を知ってしまった」

「リーダーは昌也だった。彼は常に冷静だったし少しでも危険のある状況は避けた。自身のスマホに記録も残さなかった。イタズラする際は、僕のスマホを用いた。毎週裏山で行うイジメをまるでゲームのように楽しんでいる節さえあった」

「唯一勘づいたのは、昌也の彼女である石川琴海さんくらいだよ。それでも、十月。イジメが始まって四ヶ月も経っていたし、詳しくは見抜けなかった」

「潔癖に、徹底的に、昌也は全て支配していた」

「七月、先生に相談した。けれど氷納先生はなかったことにした。『ただのイタズラじゃないか』と笑って、真剣に聞いてくれなかった。昌也の母親に怯えていたのかもしれない。それに僕の話の証拠もなかった。なぜか昌也にバレていて死ぬほど殴られた」

「あまりに恐くなって、親に相談したことがある。『転校させてくれ』って。でも無視された。『なんとかなるよ』って興味なさそうに呟いて」

「僕には相談できる友達もいなかった」

「昌也は全て計算していた」

「イジメの証拠は残さず、周囲に悟らせず、母親の横暴さを利用して担任が関わらないようにした。そもそも学校の全生徒が昌也の味方と言っても過言じゃない」

「僕は昌也に立ち向かえる気力さえ奪われた」

「絶望を繰り返した」

「唯一できるのは信じることだけだった。いつか昌也が、こんなくだらない遊びに飽きてくれると。叶うはずもない祈りを続けて、公園に向かっていた」

「だから僕はセミの抜け殻を飲み込み、彼らの靴を舐め、氷水を浴びた」

「誰も助けてくれなかった」

「誰に助けを求めていいのかも分からなかった」

・・・

菅原君はそこまで語り終えると、一回ココアを飲み、小さな溜息をついて何も言わなくなった。その身体はさっきよりも小さく見えた。彼の語り口は、人を悲しくさせる実感が伴っていた。

嘘を吐いているようには見えない。というより、元々菅原拓一人で四人を支配することと自体が荒唐無稽なのだ。わたしの弟は一人のクラスメイトを徹底的に嬲っていた。不気味に計算を尽くして。

昌也なら可能だろう。

これまで出会った誰一人として、昌也に批判的な視線を向けた者はいなかった。彼を疑う者はいない。そして菅原拓に好意的な感情を抱いていた人物は極少数。

十二月の寒い風が吹いた。風上の位置に菅原君がいたが、わたしの足元はさらに冷え、ロングスカートではなくズボンを穿いてくれれば良かったと後悔した。菅原君はなぜ、この場所を選んだのだろう？

「まぁ、証拠はゼロなんですけどね。僕の言葉なんて信用ならないでしょう？」

自虐的に呟いた菅原君の隣で、わたしは首を横に振った。

「少なくとも、キミ一人で四人をイジメるよりは現実的だと思う」

「そりゃそうですね」

「でも、やはり昌也が突然キミをイジメた理由、ここまでのめり込んだ理由が分からない。もちろん、アナタに聞くのは残酷だけれど」

「彼の考えなんて分かりませんよ」

菅原君は寒そうにジャケットの襟を持ち上げた。

「想像でもいいよ。誰よりも昌也の親友だったキミの意見を聞きたい」

誰よりも、は言い過ぎかと思ったが、別に訂正はしなかった。昌也の親友なのだ。誰とも違う視点で昌也を見ていたことは間違いないだろう。

菅原君は迷うように缶のふちを指で擦った。

「友達の重さ」

掠れるような声でそう言った。

「石川さんと会ったんでしょう？　彼女は言及しませんでしたか？　あの教室では、人間力テストでは、他人に過剰なほど気を遣う、と。順位が低いイコール『お前とは友達でも仲間でもありたくない』と言われることだと」

「ええ、彼女は一年生の時の経験でそれに苦しんでいた」

「苦しんでいたのは石川さんだけではないですよ。生徒、全員です。息苦しくて、気持ちが悪い教室で誰もが足掻き続けていた。二宮君たちも同じじゃないですかね？　誰にも見せられないような攻撃性を剝き出しにできるのは最高の娯楽だったんですよ」

彼は寂しそうに呟いた。

「昌也だって例外じゃなかった。1位という順位から落ちないようずっと藻掻き続けていた。発散しなければやっていけなかったのかもしれない」

やはり例の制度に行き着くのか。久世川中学に通う生徒たちを苦しめていた、最悪の教育制度。互いに互いを格付けし合う、息が詰まるような教室。

菅原君は小さく笑みを浮かべた。

「あるいは元々、そういう性質が彼にあったのかもしれません」

「え……」

「昌也にとって影響力のある人が、彼にイジメの楽しさを教えたのかも」

何が言いたいのか分からず、彼の横顔をじっと見つめてしまう。

菅原君はココアの缶にもう一度口を付け、ただ前を見据えている。まるで感情が読めない、静かな瞳。「案外美味しくないな」と感想を零し、缶を隣に置いた。

「話を続けましょうか」

・・・

「夏休みに入っても僕は公園の裏山で暴力を受け続けた。親から金を盗んでくるように言われ、できなければペナルティが加えられた。十月に入っても変わらなかった。何も変わらない。習慣化したようで昌也も躊躇がなくなった」

「最悪な日々だった」

「抜け出す方法のない地獄だった」

「そして、そんなとき、僕は、そうですね、──石川琴海さんに恋をしたんです」

「理由は単純だ。彼女だけが僕に笑いかけてくれたから」

「友達もいない。勉強もできない。運動もダメ。人間力テスト最悪のクズ。唯一の親友には裏切られた。そんな僕に、彼女は優しく声をかけてくれたから」

「本当に嬉しかった。そして、僕を『羨ましい』と言ってくれた。もちろん的外れだけれど、どうしようもないほど幸せだったんだ。こんな僕を認めてくれる人がいるなんて知らなかったから」

「その日の夜は、一人で泣いた」

「その後も、彼女とは何度か会う機会があって、僕の知らなかったことを教えてくれた。友達の重さを、苦しみを、彼女は吐露してくれた」

「昌也たちも同じなのだ、と胸が締め付けられた。息苦しい教室の中で活路を見出すために僕へのイジメを続けている。恋人である石川さんに隠し事を作り、時に強く拒絶を示して、彼女の心を傷つけながら」

「ゴミ捨て場の前で、震えながら泣く石川さんを見て、怒りを感じた」

「目に見える世界全てが許せなかった」

「だから僕は──革命を起こすと決めたんだ」

「人間力テストがビリでも幸せになれるんだって、示す。昌也とは真逆——他人にいくら蔑まれようとも、空気の読めないクズでも笑えるんだって」

「昌也と闘うことを決めた」

「イジメをやめさせる。僕が幸せになるために、みんなで幸せになるために、彼に正気を取り戻させる。目を覚まさせてやるんだって」

「もちろん、馬鹿げた考えなんだけど」

「でも、やるしかなかった」

「常識的に闘っては勝ち目なんてなかった」

「彼は完璧だ。僕は誰にも告発できない。僕の言葉より昌也の言葉が信用される。証拠を残そうと録音を試みても、常に隙なく昌也は警戒している」

「仮に告発が成功したとしても、昌也の母親が圧力をかけるだろう。かつて昌也の体操服が切り裂かれた時の対応は知っている。何をしても僕ひとりの虚言として、全て消えてしまう。ネットや教育委員会に訴えて騒ぎを起こしても、結局学校の誰ひとりイジメを認識していないのだから話にならない」

「それでも、立ち向かわないとダメだから」

「初恋の人と親友のために、僕が動かなければならなかったから」

「思いついた方法は、一つだけ。彼の計算をすべて利用することだった」

「僕は、イジメの加害者として、イジメを告発した」

「ネットにまずイジメの書き込みをした。『久世川中学で、一人のクラスメイトが四人をイジメている』とね。事細かにね」

「瞬く間に炎上してくれた。すぐに何人かが学校へ電話をかけてくれたようだ。『イジメを放置するのが学校ですか？』とか『こんな学校に通わせたくない』とか。そんな電話が大量にかかってきたって、迷惑そうに氷納先生が教えてくれた」

「当初、学校は疑ったらしい。『一人が四人をイジメている』という事実も納得できなかったし、なにより証拠がなかった。けれど、関係なかった。噂が校内中に広まったとき、僕は水筒で昌也を思いっ切り殴ったんだから」

「加害者と被害者の関係を決定づける事件だった」

「ただ——僕がキレることくらいは、昌也の想定内だった」

「彼は全て計算している。いつか僕が激怒することも。仮に教室で『昌也たちにイジメられたんだ』とキレた場合、母親が学校に怒鳴り込み、経験の浅い先生を問い詰め、イジメの目撃者がいないことを主張して、注目を浴びたい生徒の虚言として片付ける。僕は嘘つきとして嫌われるのみ。そう脅されていたし、仲間と共有されていた」

「だから、彼は混乱しただろう」

「僕が『イジメられた』のではなく『イジメていた』と主張したんだから」

「香苗さんならどうします？　『イジメていたターゲットがある日、突然自分がイジメていた側だと訴え始めたら？』　既に学校側には、匿名掲示板に書き込まれたイジメの告発文も伝わり、大きな騒ぎになっている。大人は全員、激怒している」

「そう――昌也たちは被害者として乗っかることを選んだ」

「一番スムーズですよね。だって僕を悪者にしてしまえば、自分たちのイジメは決して露呈しないんですから。下手に否定して、真実がバレるリスクを負うよりずっといい。あるいは単純に僕を一層虐げて、陰で笑おうとしたのかも」

「彼らならそうすると思っていました」

「大事なのは他者からの評価だから。大人からよく見られようと演じる。善良な生徒を演じる。加害者として糾弾されるくらいなら、被害者を演じる」

「すんなりと事は運んだでしょう」

「なにせ僕は不遜な態度を取り続けているんですから。大人からの印象は最悪。その間にも学校にはイジメに対するクレーム電話が舞い込んでくる。その後には昌也の母親も怒鳴り込んできて、僕に対する制裁を主張する」

「そういえば木室君は、僕をさらに悪者にしようと考えていたようですね。泣く演技までして『匿名掲示板にはオレが書き込みました』なんて訴えたようです。そうやって先生たちの怒りを煽る時の彼は、実に活き活きとしていました」

「もっと僕を苦しめられるなら——彼らは真実なんて、どうでもよかった」

「少しの混乱はあったでしょうが、昌也たちもここまでは何一つ不満はなかったでしょう。傷害事件で、菅原拓は同情の余地のない加害者と決定し、自身のイジメの事実は露呈しない。菅原拓には重い罰が下され、学校中から嫌われる」

「ただ、彼らは何も分かっていなかった」

「正直、昌也に失望した心地もある。僕の性格を、何も分かっていなかった」

「——他人の評価など一ミリも考慮しないクズ」

「僕が傷ついたのは、他でもなく昌也に虐げられたからなのに」

「人から嫌われようと、どうでもいい。烙印を押されようと知ったことじゃない。だから僕は自ら進んで『イジメは発明だ』と誇り、周囲に挑発を続けていた」

「そして話がどんどん大きくなってしまった」

「狙い通りだった」

「たぶん、昌也は途中で気がついた。でも、もう引き返せなかった。相談する暇さえなく職員室に連れていかれ、大人の前でイジメられている事実を認めたんだから」

「ようやく僕が反撃する番になった」

「徐々に、徐々にだけれど、昌也たちを追い込み続けた」

「どうやって追い込んだのか？」

「香苗さん、そのノートを読み返してみるといいですよ。きっと何人も語っているはずだ。違和感なく受け入れましたか？　常識と矛盾する、あってはならない価値観」

「あまりにおかしい認識が常識のように語られているはず」

「それが真実ですよ。僕が昌也を追い詰めた手法」

「――『岸谷昌也が菅原拓なんかにイジメられるはずがない』」

「よく考えれば分かるはずです。これは一体、何を前提としていますか？」

「そうですよね――イジメられる側を下に見ているんです」

「よく分かりますよ。イジメられる奴は、弱い。強者に逆らえない。身体が弱い。心が弱い。弁が立たない。経済力がない。外見が悪い。そんな印象ですかね」

「もちろん大人は皆、真逆のことを言うでしょう。『イジメは犯罪だ』、『イジメは加害者側に問題がある』、『イジメは心が弱いやつがするんだ』――きっと、それらも真実なんでしょうね」

「けれど、その一方で誰もが知っているはずなんです」

「中学校の教室にはある。この世界の最も醜く、矛盾に満ちたルールが」

「**――イジメられるというのは、カッコ悪いんです**」

「どれだけ否定しても、僕らにとって揺るぎない真実だ」

「世の中には、自分がイジメられていると言い出せない子も山ほどいる。加害者からの復讐が恐いからだけじゃない。言い出す自分を情けなく感じてしまうからだ」

「どうかしていると思う。でも確かにあるんだ」

「けれど僕は、学校中に広めた。『イジメは楽しかった』と高らかに笑いながら」

「彼らの恥をばら撒いた」

「『一対四で、クラスメイトの地味なやつに怯えていました』『日頃は部活で偉そうな顔していましたけど、本当はただの情けないイジメられっ子でした』とね」

「くだらない見栄？　かもしれない。けれど彼らにとっては大事な問題だ」

「彼らは人間力テストの評価に囚われている」

「人からの評価を無視できない」

「けれど昌也の母親のおかげで、僕の凶行は学校中に広まった」

「もちろん中には、僕の言動に疑問を持つ者がいたかもしれない。あまりにおかしいイジメの事実についても、ね」

「でも、昌也を見た瞬間そんな疑問は吹き飛んだはずだ」

「痣――彼の顔に僕がつけた、大きく目立つ負の証（あかし）」

「アレを見れば、誰もが昌也を被害者だと信じて疑わない」

「僕はクラスメイト四人を支配した冷酷なクズとなり、彼らは一人に支配された情けない男子となった」

「友達の重さ」

「人間力テストが作りだした、評価の重圧。クラスメイトを格付けする視線」

「彼らには嫌だったでしょうね。親から、クラスメイトから、恋人から、毎日のように同情される。『辛かったんだね。気づいてやれなくて、ごめんね』と憐憫(れんびん)される。元々は人気者たちですから、プライドは酷く傷ついたでしょう。けれど、僕が残酷すぎる罰を受けている以上、『自分がイジメていた』とは言い出せない」

「先輩や後輩には、弱そうで地味な男子一人に四対一でイジメられた人と見られる。怯えてセミの抜け殻を食べるようなやつとして。親には泣きながら謝られる。友達には、気を遣われ、腫れ物のように扱われる」

「人間力テストが下がることは間違いない。イジメられた奴に、リーダーシップもカリスマもありやしない。入るとすれば同情票。それは残酷な僕らのルールだ。今まであった尊敬の視線が崩れる。順位は下がる。自分という人間の価値が下がる」

「本当の支配者は自分たちなのに、なぜか菅原拓が支配者として認知されている」

「そんな風に追い込んでいった」

「傷害事件の四日後あたり、一度昌也が和解を求めて、僕の家にきた。けれど、そこで許す気は毛頭なかった。簡単に許せば元通りになる恐れがあるかもしれない」

「その間、昌也たちからのイジメはほとんどなかった。都合が良いことに、見当違いの正義が、僕を彼らから隔離してくれる方向にあったから」

「特に昌也は家でも安息の場はない。毎日親が送り迎えをして、労るような言葉をかけてくる。ノートにはなんて書いてあるんです？　毎日、学校のことを尋ねていた？　毎週カウンセリングに連れて行った？　最高ですね」

「壊れ物に触れる扱いが、どれほど彼の自尊心を挫いたのでしょう？」

「すべては逆転したんです」

「クラスの人気者という立ち位置はクラスからの同情を急激に集め、モンペの親は自分を幼子のように扱い、親を恐れる教師は彼女の言いなり。徹底管理されたイジメは自分の尊厳を立証してくれる証拠を残していない」

「なにより、どれほどの地獄でも僕は常にヘラヘラ楽しそうに笑っている」

「この屈辱がどれほどだったのかは、彼らに聞いてみないと分かりませんね」

「ただ――」

「やりすぎたんだと思う」

「僕がクズだから、教室の空気が読めない愚か者だから」

「昌也がどれほど傷ついていたのか、全く理解していなかった」

「加減を知らなかった。ほかの人間の動きまでは全く読めなかった」

「だから、最悪の事態を引き起こしてしまったんです」


「信じてもらえるかは分からないけれど、僕はどこかのタイミングで彼らを許そうと思っていた。また公園で笑い合っていた頃の関係に戻るために」

「馬鹿馬鹿しいと思われるかもしれないけど、そう望んでいたんだ」

「僕の脳内にあった筋書きはこうだった」

「昌也はきっと悩んでいる。このまま僕の制裁が続いても、一度ついたイメージは消えない。菅原拓という地味な男子に怯えて言いなりになっていた事実は消えない」

「唯一できるのは、公然の場で僕と仲良く和解して、イメージを上書きすることだけだ。すべてを過去の物として、仲良くすることだけだ」

「――そんな能天気な計画だった」

「だから、いずれ僕は提案するつもりだった」

「『クラスの真ん中で、僕をからかえ。僕もクラスの真ん中でキミをからかう。そして、みんなで笑い合おう。そうすれば、みんな忘れる』そんな風にね」

「それが僕の革命のゴールだ」

「クラスの人気者と嫌われ者が、共に笑い合う——そんな理想の教室を望んでいた」

「浅はかな夢想かもしれないけどね。本心だったんだよ」

「そうでなくても、僕がイジメられなければ、それでもいいと思った」

「幸せになりたかった」

「イジメられたくなんかなかった」

「昌也と今まで通り、一緒に公園で過ごしたかった」

「石川さんの苦痛を和らげたかった。隠し事のない昌也と存分に笑ってほしかった」

「何かがおかしいとは、傷害事件の四日後から漠然と察していた」

「石川さんが家に来て、教えてくれたんです。昌也の靴箱に虫の死骸が入れられていたって」

「もちろん犯人は僕じゃない。愕然とした。僕以外の人間が昌也を虐げ始めた、と」

「信じられなかった。昌也を尊敬していた僕は、まるで見落としていたんです」

「彼は——嫉妬の対象でもあった」

「犯人はクラスメイトの加藤幸太と後に分かりましたが、問題はそれじゃありません。これまで隠れていたけど、昌也に嫉妬する人間が少しずつこれを機に表に出始めたんです。情けない事実が判明した昌也を嘲笑う者が」

「目立った行動をしたのは加藤だけですが、他にも多くいたようです。彼がそのように仄めかしていた。ざまーみろ、と昌也に思う人は案外たくさんいたかもしれない。彼は良くも悪くも目立ちすぎていた」

「昌也は人の評価に敏感だ——気づかないわけがない」

「確実に空気は伝わる。憐れみを、蔑みを、痛快さを、全て捉えたかもしれない」

「僕が浅はかだった」

「想像力が乏しかった」

「なにより僕は、決定的な過ちを犯していたんです。これまでのミスなんて全てがどうでもいいくらいの重大なミスです」

「**僕は自身の悪意を石川さんにまでぶつけてしまった**」

「万が一にも彼女が僕を擁護すれば、みんなの悪意は彼女に向くかもしれない。それだけは絶対に嫌で、僕の家まで来てくれた石川さんを徹底的に拒絶した。挑発して悪口をぶつけ、僕を憎むよう仕向けた」

「やりすぎた。彼女の優しさを知っていたのに」

「昌也を守るため、彼女は僕に対するイジメに参加した」

「昌也は屈辱だったでしょうね。今まで自分が守ってきた女の子に庇われるなんて。時代錯誤の考えだろうと、それは僕らにとって大きな恥ですよ」

「なのに、僕は決定的な事件が起きるまで放置してしまった」

「分かりますよ。石川さんが階段から落ちたのは、昌也のせいなんですよね？」

「意識を取り戻した彼女が、その犯人をクラスメイトに言わないなら、他に相手は考えられない。それに気づいた時、胃の中の全部を吐くほどに最悪な気分でした」

「僕は、石川さんと昌也の関係を徹底的に壊してしまった」

「埋めがたい認識の差を意図的に作り上げて、昌也が石川さんを疎むように誘導してしまった。こんなことになるなんて思わなかった」

「言い訳もできないほど、僕は最低だった」

「けれど僕は何もできなかった。石川さんが階段から落ちたと聞いた時、愚鈍な僕はすぐには真相に思い至らなかった」

「昌也の心は修復できないまでに傷ついていたのに」

「かつてはクラスの人気者で、学力優秀で、そして誰にも気づかれずに完璧に僕をイジメて優越感に浸っていた。なのにある日を境に、クラスメイトからは同情されて、部活の仲間からは憐れまれ、親からは庇護対象にされて、恋人に気の毒がられる。人間力テストの順位が下がることも明白だった」

「同級生から『菅原をボコしてやった。アイツ、大したことねぇぞ』と偉そうに言われ、後輩からも『菅原を代わりに殴ってやりますよ』と上から目線で告げられる」

「辱められ続けた彼は衝動的に――恋人を階段から突き落としてしまった」

「これがトドメを刺したんだと思う」

「かつて助けた恋人を自らが壊してしまった」

「彼は、石川さんのことはしっかり好きだったんですよ。本当に」

「衝動的に突き飛ばした場所が運悪く階段だっただけで、意識を失うほど怪我をさせる気はなかったはずだ。けれど彼は耐え難い自己嫌悪にも襲われた。恋人の意識が戻ったときに糾弾される恐怖もあった。そうなれば彼への評価は一層下がる」

「だから、最後に彼も決意してしまったんだと思う」

「僕への復讐を」

「究極の手段を」

「それが自殺だった」

「天才らしく、もっとも僕を追い詰める方法を選んだ」

「仲間の三人には何も言わないよう口止めして彼は死んだ。そして、それは日本中の全員が僕の敵になる最悪のタイミングだった」

「『菅原拓は悪魔です。誰も彼の言葉を信じてはいけない』」

「遺書の文面も完璧ですよね。こんなものを残されたら、何にもできませんよ」

「読んだ人間全員の憎悪を駆り立てる。最後の最後で、昌也が残した最強の悪意」

「彼が作り、僕が覆したイジメの環境を、更に彼はより強固にして覆した」

「自分の命を犠牲にして」

「後は言うまでもない。僕はイジメによって、級友を自殺させた最低人間として世間に認知された。僕の人生はお終いでしょうね」

「いくつか想像もあったけれど、これが僕が話せる事件のすべて」

「昌也たちは残酷に、計算を尽くして僕をイジメていた。僕はそのイジメを止めさせるため、そして、人間力テストを壊すため、革命を起こした。途中までは成功したが、自尊心を傷つけて昌也を自殺にまで追い込んでしまった」

「まとめると、そういうことになる」

「僕は彼と再び笑い合えなかった」

「僕は幸せにはなれなかった」

「昌也は死んだ」

・・・

ベンチで彼の話を聞き終えたわたしは、しばらく動けなかった。

ようやく辿り着けた事件の真相を、一体どう判断したらいいのだろう？

全てが真実だとして、菅原君の罪を問えるのだろうか？　確かに彼は昌也を殺す要因を作った。革命という名のもとで、昌也を追い詰め続けた。だが彼の立場から見れば、正当防衛のような抵抗に過ぎない。罪らしい罪と言えば、水筒で顔面を殴ったくらいだが、もっと酷い仕打ちを昌也は与えてきたという。

あるコメンテーターが語っていた。『ネットに書き込まれた内容がね、非常にリアリティがあるんですよ』

理由は明快だ。菅原君は自分が昌也たちにされたことを書き込んだのだから。

彼は本当に虐げられた。鉛筆や虫を食わされ、何度も殴られ、生活費を強奪され、自慰をさせられ、熱湯や氷水をかけられたのだ。

菅原君の証言には大きな裏付けがある。当事者である二宮、木室、渡部の三人は絶対に事件の詳細を説明しない。間違いなくボロがでるからだろう。そして自分たちの行為がバレるから。それを彼らは「友情」だと美化するけれど。

わたしを襲ったのも、彼ら三人の誰かなのだろう。

紗世から電話があった事実が三人で共有され、誰かが焦りを感じた。

昌也が死んだのは——報いを受けただけ？

そんな結論？　まさか。

けれど、菅原君の証言に嘘は見られなかった。わたしが抱いていた疑問を矛盾なく説明している。

「わたしが集めてきた……多くの情報と一致するね」

かろうじて呟けた。

菅原君は首を振った。

「どれを信じるかは香苗さん次第ですよ」

「そして、琴海ちゃんに関する菅原君の推測は正解。琴海ちゃんを突き落としたのは昌也。彼は階段から落ちようとした彼女に、必死に手を伸ばしていた」

「そうですか。じゃあ本当に決定打だったのかもしれません。結局、当の本人である昌也が亡くなった以上、推測しかできませんけど」

「その通りだね。結局、真実なんて昌也にしか分からないんだろうけど」

菅原君は小さく頷き、こちらを見つめてきた。

「……香苗さんには昌也がどう映っていたんですか？」

突然の脈絡のない質問。

質問の意図は分からなかったけれど、刺すような厳しい視線がわたしに向けられていた。無視できない厳しさがある。

「とても優秀な弟だったよ」わたしは笑った。「みんなが語っていた通りだよ。自慢の弟。八歳下とは思えないくらい立派で、姉の立場がないよ」

「…………」

「母親なんて昌也のためにモンスターペアレントになるくらい。もちろん、それは悪いことだけど、それだけ昌也が期待されていたって証。さすがに嫉妬しちゃって――」

「だからアナタは昌也の体操服を切り裂いたんですか？」

　わたしの言葉を遮るようにして、菅原君が告げてきた。

　彼は覗き込むようにして、わたしを見つめる。不気味さが宿る黒々とした瞳。

　心臓の鼓動が高鳴り、口の中が乾いていく。ココアを飲んで落ち着かせようとしたが、缶を取り落としたことに遅れて気がつく。

「言いましたよね？　昌也とは家族の話をしたって。アナタについても当然、喋っていましたよ。帰省した姉に怒鳴り散らされ、私物を破壊される話。昌也はアナタを庇うため、切り裂かれた体操服をあえて学校に持っていったんですよ」

　隣にいる中学生は立ち上がり、わたしの前を塞いだ。

　咄嗟に身を引くが、そこにはベンチの硬い背もたれがあるばかりで逃げ場はない。

　力強い眼(め)が、わたしを捉えている。

「今度は、お前が正直に答える番だよ。加藤から聞きだしたよ。事件について聞き込みしていたくせに体操服の件は自ら触れなかったんだろう？　まるで自白だ」

「いや、それは……っ」

「そもそもな、今更調査をしている時点で論外なんだよ。イジメが発覚した際、お前は昌也に何か言葉をかけたのか？　あるいは昌也から相談を受けたのか？　昌也が死ぬまで弟のことを何も知らなかった時点で、お前は姉として終わっているんだよ」

「それは——」

「良かったな。似た者同士だよ。就活で他人からの評価を受け続けたストレスを、八個下の弟にぶつけて気持ちよくなっていた姉。それで昌也は知ったんだ。他人にぶつけることで苛立ちは解消できるのだ、と他でもないお前から教わった。人を虐げるのは楽しいのだ、という認識を、お前が昌也に植えつけたんだ！」

怒鳴りながら菅原君は胸ポケットからスマホを取り出した。光っている。通話中。割れたスマホの画面には『岸谷明音』の文字。母さんの名だ。

菅原はさっきまでの会話を全部、母さんに聞かせていた。

ココアを買いにいった際、隠れて電話を繋いでいたのだろう。

「あぁ、確かに同情はあるよ。姉と弟の間で露骨に期待の差をつける毒親がいたもんなぁ！　けれど、昌也に何ができた⁉　姉の心を犠牲に、母親から愛された人間に何ができた⁉　姉のためにも必死に優等生として振る舞い続けるしかないだろう！　お前たちは何も分かっていない！　壊れた家庭をそれでも守るために、完璧であろうとした昌也の悲鳴に一切気づかなかった！」

菅原君は憤りを叩きつけるように叫ぶ。

「いいか？　真実を教えてやる。昌也を一番追い詰めたのはお前らだ。身勝手な期待を強いる母親と、嫉妬を覚えて苛立ちをぶつける姉。だから、アイツは僕をイジメることを選んだんだ！　他に発散する術がなかった！　その果てに自殺があるんだよ！」

違う。そうじゃない。

そう叫びたい気持ちと、「どうして分かったの？」という気持ちがせめぎ合っていた。彼の声が聞こえる度に抵抗の心地が失せる。その言葉を真実だと認めてしまう。

わたしに何一つ弁解を与えぬまま、彼は自分のスマホを口元へ近づけた。叩きつけるような口調を母さんにぶつける。

「で？　どうすんの？　間抜けなアンタはまた挑発にのって、変な会を作っているんだろ？　今更引けない？　なら闘ってやるよ。幸いアンタの娘が証言を集めてくれた。ネットに全部晒して、どっちが真実か判断してもらおうぜ」

彼は低い声で言った。

「全部嫌なら自殺しろ。アンタの息子はできた。ロープは今朝届けただろ？」

菅原がスマホからイヤホンを外した。

母さんの絶叫が聞こえてきた。今まで聞いたこともないほどの断末魔だった。何かを必死に訴えている。しかしとても言語と言えるような代物ではない、狂乱だ。

母さんだって不思議に感じてはいたのだろう。どうやって菅原が昌也を殺したのか？

けれど、その要因が自分の息子の紛れもない非であり、自分自身さえも昌也の自殺に加担していたとは思ってもみなかったはずだ。

「アンタが犯した過ちを、そのロープを見ながら考えろ」

邪悪な笑みを浮かべ、彼はスマホの通話を打ち切った。

あまりに非情な行動にゾッとする。

昌也は確かに悪魔だったかもしれない。けれど、やはり菅原拓だって——。

「全部、計画を立てていたのねっ？」わたしは必死に叫んだ。ここまで調査したせめてもの意地だった。「母さんが、アナタを追い詰める準備が進むまで、わざと真実を隠していたのねっ？　猫の死体を送って挑発して！」

彼を突き飛ばして立ち上がり、腹の底から怒鳴りつける。

菅原は白けたように見つめてくる。まるで興味を無くしたように。

「さっさと家に戻ったら？　じゃないと、母親が死ぬかもよ？」

次の瞬間にはわたしは走り出していた。

視界はいつの間にか出てきた涙で曇る。それでも全速力で家へと駆けた。

一体、わたしはどこで間違ってしまったのだろう？

必死に振る舞っていたのに！　母さんから愛されなくても、がんばって、心が張り裂けそうな痛みに耐えながら、優しいお姉ちゃんとして生きてきたのに！

わたしは昌也の体操服を破り裂いた。弟に暴力を振るい、鬱憤をぶつけた。母さんを見返すために励んでいた就活。面接が苦しかった。二十二年間の人生全てが評価対象になる。人格に値打ちが付けられる。わたしという人間を丸裸にされ、嘲笑われる悪夢。学歴じゃ隠しきれない自身の薄さに絶望する。逃げるように実家に帰った時、幸せそうな昌也を見て何かが壊れた。

なんで昌也ばっかりと、彼との差を嘆いた。

けれど今更、気づいてしまった。わたしと昌也は似た者同士だった。

苛立ちを他人で発散する――その醜い本性こそが姉弟の共通点だった。

母さん！　母さん！　母さん！

今更の謝罪なんて意味もないのに、わたしは意味もなく叫び続けた。

「#久世川中2イジメ自殺事件」で検索

このせ「Sガチクズ、さっさと死刑にすべき」THYD「マジで胸糞悪い」ミフエ「普通に、犯罪じゃん。死刑死刑」もとはな「おれも虐められたことあるから言う。こういうクズを野放しにするのは有り得ん」野村テレビ「久世川イジメ自殺事件特集。Sのひどすぎる家庭環境」もとう・も「こんな子が自分の子だと思うと、本気でゾッとした。なんでここまで追い詰めることができるんだろう？」雛まっつぅるり「絶対に許すな。絶対にだ！」冬太邦彦・笹笹市町「教育とはなにか？　悪魔Sはなぜ生まれたのか、もう一度考えてみるべき」ははこ「S『イジメは発明です（笑）』ハイハイ、死刑死刑」元町新聞ニュース「イジメ自殺事件。果たして教育現場でなにが起こったのか？　恐るべきSの手口とは？」マタセ・☆漫画家☆「死亡者Kの追悼画像です」でもん・才原東中「被害者Kと試合で闘ったことある。ありえんほど強かったのに無念。Sは最低」ほのほの「Sを処刑すべき！　でないと、第二第三の被害者が生まれかねん！」牛丼屋・てどこんこ「社長がここの中学の出身でした。真相の解明を願うとともに、被害者Kに追悼をささげます」ＱＱＱ「Ｓ、シネ史ね市ね氏ね師ね詩ね子ね士ね紙ね」藁人形ニュース「被害者Ｋの遺書が切なすぎると話題に」長谷部「日本の恥ｗｗｗ：久世川自殺事件　海外ニュースに取り上げられる」江戸元久美子（教育学者）「Ｓ事件に関して、やはり少年法の厳罰化をするべきという声が増えている」人気スレ紹介「『Ｓ死ね』と書かれる度に、ネコ画像貼ってく」じゅう速報「Ｓの読書感想文がひどすぎる件」声優のなんとか「炎上覚悟で言うけど、Ｓはダメ。生きているべきじゃない」コンビニＴＴ「Ｓ事件追悼。今なら文房具が五厘引き」キリキリまとめ「お前らＳ死ねって言うけど、いくつもの教育現場を経たおれから見ればＳ死ね」和風ピクルス上田・芸人やってます「やっぱり悪いことしたら、裁かれなアカン。じゃないと人間腐ってＳみたいなやつが増える」三本長政「Ｓ死ね」くりくり「Ｓ死ね」わはは「Ｓ死ね」三村「Ｓ死ね」わたっしー「Ｓ死ね」田中中田「Ｓ死ね」ゼリーブラック「Ｓ死ね」味噌汁突撃部隊「Ｓ死ね」☆女性の本音☆ｂｏｔ「Ｓ死ね」くみこ「Ｓ死ね」しげっち「Ｓ死ね」椎名「Ｓ死ね」生来のツッコミ「Ｓ死ね」ぬにＪＫ２裏垢「Ｓ死ね」あもんぬ「Ｓ死ね」

岸谷香苗さんをこの公園に呼び出したのは、彼女をすぐ帰宅させるためだ。

まさか本当に岸谷明音に自殺されては敵わない。憤りや葛藤はあっただろうが、昌也は家族を愛していた。だから、悩みを抱えながらも優等生の仮面を外さなかった。亡くなった父の想い、母の期待を背負いながら生きていた。

「羨ましいと言ったら、きっとキミは怒るだろうね」

そう呟いてから、香苗さんが捨てた缶を拾って公園の隅にあるゴミ箱に放る。もう午後の五時だ。十二月の中旬だと、そろそろ暗くなってくる。

できる限り、早いうちに行動したい。

待ち続けていると、スマホが鳴った。香苗さんからの着信。電話番号は紗世さんを通じて、彼女に送ってもらうよう頼んでいた。

『アナタの目的はなんなの？』

電話先にいたのは昌也の母、岸谷明音だった。

『ただ、復讐を果たしたいだけ？　それとも——』

　僕は「一個だけお願いがあります」と告げた。

「真実の公表は必要ありません。昌也の名誉を守ってください。代わりに一つだけ叶えてほしいことがあるんです」

　これが昌也の母に繰り返し、挑発を続けた理由だった。激怒した彼女は昌也の名誉を守るために、他の人間に働きかけ続けている。真実を公表されたくないはずだ。

『……アナタはそれでいいの？』

「構いませんよ。僕の人生なんて、別にどうでもいいんです」

　むしろ香苗さんには感謝しているくらいだ。誰かが真相を摑んでくれないか、と期待していた。できる限りの証言を集め、僕の言葉に根拠を足してくれる人。それが昌也の姉だったのは予想外だが。

「どうか、お幸せに」

　要件だけを伝えて、電話を切った。向こうはまだ僕に話したいことがあるようだったが、無視した。着信が鳴りやまないので電源を切る。

　僕にはまだ大仕事があるのだ。

　だから歩き出す。向かう先は、久世川中学校。

　これで本当に最後。必要なのは——僕の覚悟だけだ。

・・・

ゴールまで僕は歩いていくことにした。

普段はバスで通うような学校だ。歩いていけば、一時間はかかるだろう。

それでも一歩一歩、歩いていくことにした。

次にこの道を歩けるのはいつなのか、それとも歩ける日が来るのか、僕には想像もつかないからだ。

・・・

二年生の五月頃、公園のベンチで僕と昌也はこんな会話をした。

明日は快晴だなと直感的に分かるほど美しい夕暮れで、シャツのボタンを開けたくなるほどの気温。なぜか定位置のように決まっていたベンチで、腹減ったと文句を言いながら二人並んで、コンビニでお湯を入れてきたカップラーメンを啜った。

「お前さ、もうちょい自分自身に期待してみたら?」

塩ラーメンの麺を食べ終わり、スープを飲んでいる昌也から告げられた。

いまだ半分以上食べ終えられず、醬油ラーメンの葱をちまちまと掬っていた僕は思わずキョトンとしてしまった。

「僕に言っている？」

「他にいるか？」

「一理ある」

「もっと将来設計固めればいいのに。高校だってそこそこマシなとこに入ってさ、奨学金でも借りて大学に行けよ。あるいは個人事業主を目指してもいいかもな。お前の性格的にパソコンでできる業務が良いよな。独学なら学費も要らない」

ほぼ一方的に昌也は僕の人生設計を語ってみせた。人と関わる職業を避けて、資格や技術で食っていく働き方。まずは動画編集技術を身に付け、他の動画配信者からの依頼を引き受ける。高校卒業後には最低月二十万は稼げるようになる。

もちろんこれは第一歩目だ。いずれ自身でも動画を投稿していく。歴史解説やゲーム解説などのチャンネルを開設して、地道に登録者数を増やしていく。

「これなら、お前向きだろ？　よく動画サイトに齧りついているしな」

「見通し甘くない？」

「俺もそう思う。たった今考えた、適当な思いつきだもん。けど何事も挑戦。お前なら案外、俺が想像もつかないような大物になるかも」

「……買いかぶりすぎだよ。できる人基準の話だ」

無邪気に未来を語る昌也に呆れてしまった。

一体なにを根拠に言っているのか、さっぱりだった。僕は学力テストでも普通に成績が悪いのだ。授業中は大抵寝ている。

葱を掬う作業に没頭しながら「僕の母親が許さないよ」と呟く。

「なんで？　あんまり関心がないんだろ？」

「厳密な表現をすれば、全く関心がないわけじゃないよ」

昌也が納得しきれない顔をしたので、小さく告げた。

「僕に、自立してほしくないだけ」

「もっと悪いじゃねぇか」

「一緒にダメになってくれる人が欲しいんだよ。だから必要以上、支えない。ずっと手元に置いておきたいんだよ。福祉のお世話になりながら」

「付き合う必要はない」

「そうかもね。けれど、他の生き方なんて想像もしたことないから」

真剣に考えたこともない。考えるまでもなく自明のことだから。

国道沿いに並ぶ果樹園の桃を思い出した。丁寧に保護され、美しく実った果実と嵐に襲われて地面に転げ落ちる実。傷ついて売り物にならず、桃園の片隅に捨てられ、甘臭い香りを放ちながら腐敗していく。

久世川市の外に羽ばたいていく昌也と、あのボロアパートで怠惰に浸る僕。

二人の運命は決まっている。地面に落ちた桃は、枝に戻れることはない。

黙々と醤油ラーメンの中身を口に運んでいた時、スープを飲み干した昌也がカップをベンチに叩きつけるように置いた。

「石川琴海って覚えてる？」

「……去年、僕が助けようとして失敗した」

「今、幸せそうにしているよ。先週のデートでも、一日中笑っていたよ」

「それは良かったね。昌也が助けてあげたからだ。何？　自慢？　ふざけんなよ、コラ。僕がモテないからってマウントとりやがって」

「お前が声をあげなかったら、俺は琴海が遭っていたイジメに気づけなかったよ」

昌也は僕の戯言を封じるように鋭い声を出した。

そういえば、と思い出した。そもそも僕が石川さんのイジメに気づいたのは、僕が教室の空気だったからだ。コイツには聞かれても問題ないと舐められていたから偶然耳に入ってきた会話。

「自分を信じろ。俺だってお前が思う程、大層な人間じゃないぜ？」

昌也は割り箸を折って、カップラーメンの空き容器に投げ込んだ。

「先週、俺の体操服が八つ裂きにされていた事件あったろ？」

「あぁ、うん。アレって結局、犯人見つかっていないんだよね？」

「俺の姉貴が犯人だよ」

「そうなの？」

「就活でかなり苛々していたらしい。内々定や面接がどうこうとか喚いて、リフレッシュとか言って帰省してきたんだ。俺が『就活ってどんな感じなん？』と話を振ったら、爆発してヒステリー起こしてさ」

昌也は呆れたように肩を竦めた。

「止めようとしたら、普通にぶん殴られた。壊されたのは、体操服だけじゃない」

グーだぜ、グーと昌也は拳を振るって、強調する。あくまで笑い話のように語られる。本当なら殴り返せるはずだが、彼は姉のために必死に堪えたようだ。

改めて彼の家庭環境に胸を痛めつつ「昌也はちっとも悪くない」とフォローする。

「さっきの話と繋がってなくない？　その話はキミの評価を下げないよ」

「そんな姉貴を見て実感した――『あぁ、俺はこの人の弟だ』って」

急激に凍り付いたように昌也の声から感情が消えた。

咄嗟に彼の横顔を見る。そこにあったのは、僕がこれまで見たことがない程に冷徹な瞳だった。あらゆる光を吸い込むような、純黒。

「発散できる姉が羨ましくて仕方がなかった。時々、目に映る全てを壊したくなる。優等生という評価を投げ捨てて、教室の真ん中で机を黒板に投げ飛ばして、シャーペンをクラスメイトの喉に突き刺し、学校中を破壊して、親と教師を殺すんだ」

突如彼の口から漏れ出た残酷な言葉。

本当に彼が言ったのかと信じられなくて、じっと見つめてしまった。何か言うべきなのに、うまく舌が回ってくれない。

昌也はつまらなそうに自身の爪を見つめていたが、やがて表情を緩めた。

「冗談だよ」

彼の誤魔化すような笑みに、冗談じゃないんだな、と確信した。

僕とベンチで笑っている彼は、等身大の中学生に過ぎないと今は知っている。昌也は初対面の時に憧れたような超人なんかじゃない。僕と同じようにカップラーメンを啜り、夜の寒さに文句を言い、くだらない冗談で笑い合う。分かっていたはずなのに。

「昌也は、諦めないでくれよ」

懇願するような声が漏れ出ていた。

「キミがキミでいることを手放さないでくれ。優等生でなくていいから」

「それは不平等な押し付けだな」

彼はおかしそうに身を揺すった。

「お前も自分の可能性を諦めるなよ。本当はどこへだって行けるんだ」

「……昌也が約束してくれるなら」

そんな交換条件を提示されたら呑まないわけにいかない。

僕が頷くと、昌也は「互いに互いを救うんだ」と言い切った。

「家族がおかしい者同士、助け合おうぜ。俺たちはパートナーだ」

彼のパートナーに指名されるなんて光栄な話。

合わせ鏡のように何もかもが正反対だった昌也と僕。全てが違うから互いに尊敬の眼差しを向けることができた。刺激し合えた。教室では見せられない胸の内を明かし、冬は屋外の冷ややかな風さえ気にならないほど公園で笑い合い、一緒に二年生になれた。

僕は彼に向かって拳を差し出した。

「いいね、拓昌同盟だ」

「なんだ、そのネーミングは。あと、俺の方を先にしろ」

「昌拓同盟」

「やっぱりいいや。どのみちダセェわ」

散々な言われようだったが、拳を差し出し続けていると、最後は彼が折れてくれた。恥ずいな、と苦笑しながら僕と拳を合わせてくれる。

ぐっと強くぶつけ合わせた拳と昌也の笑みを、僕は何度だって思い出し続ける。

・・・

拓昌同盟のことを僕は覚えていた。

それは昌也も同じだった。一度は忘れていた約束を思い出してくれたようだ。

彼は遺書を二つ残していた。

一つはマスコミや社会に向かって『菅原拓は悪魔』と書いたもの。

もう一つは自殺の前日、僕の家に投函(とうかん)されていた。生まれて初めてのラブレター。

ルーズリーフには、教科書の手本のような綺麗な字が書かれていた。昌也の字だった。

内容はたった六文字だけ。

『この裏切り者』

結果から見れば、その通りだ。

僕は彼を救えなかった。

また公園でとりとめのない会話をかわす日々は戻ってこない。六文字の絶縁状。

ざまーみろ。

僕をイジメて、無様に自殺した昌也。在りし日の思い出に囚われ、もがく僕。

二人共ざまーみろ。

けれど、僕も運だけは案外、悪くない。

昌也が亡くなり、僕が破滅しても、まだ幸せにするべき女の子が残っているから。

これで長かった革命もようやく終わる。

思ったよりも、大きなものになってしまった。日本中が僕を罵倒している。海外のニュース番組でも取り上げられた。

すべてが僕の敵だ。

ありとあらゆる人間が僕に向かって「死ね」と言う。

SNSで、新聞で、匿名掲示板で、動画サイトで、週刊誌で、テレビで、チャットアプリで、居間に置かれた手紙で、電車内で、ネットラジオで、海外のニュースで、教室で、街頭で、すべての人が僕を誹(そし)る。

「でも、悪者のくせに、僕は善人みたいなことを祈るんだ」

だって、僕は正真正銘のクズだから。

彼女がもう一度笑ってくれるなら、僕はどれだけ地獄に落ちてもいい。

「本当の最大幸福を叶えてやるよ」

・・・

久世川中学校の駐車場に来たのは初めてかもしれない。

下校時間はとっくに過ぎているので、生徒は誰もいない。運動場の四分の一程度の空間には、昼間の半分の車しか停まっていなかった。中央に明かりが切れかかった電灯が光るだけ。僕が隠れるところはたくさんあった。

冬のコンクリートは氷のように冷たくて、座ると尻が痛くなる。暗がりに身を潜めて、目的の人物が来るのを待つ。身を抱えて、昌也、そして石川さんのことを思い出しながら、革命の終わりを願う。

数人の先生が疲れた顔をしながら、車に乗って帰っていった。僕に気づく様子はなかった。そして彼らが去っていく方に向かって、僕はこっそりと頭を下げた。大した意味はなかった。

時間が経つにつれて、心臓の鼓動が強まっていくのを感じた。

焦ってはいけない。

僕に必要なのは覚悟だけだ。

そうして待っていると、氷納先生が駐車場にやってくるのが見えた。彼はターゲットではない。むしろ昌也と僕に巻き込まれた被害者なのだ、と同情している。

だから、去っていく彼の車に後ろから一番深く頭を下げた。

ばいばい、どうかお健やかに。

気づけばさらに何人かの先生が帰っていき、残る車は二台となった。もう十時だ。公務員なのに教師という職業は大変なものである。一つは事務員のものだろう。もう一台は知っている。

「まさか、最後だとは思いませんでした」

やってきた藤本校長先生と僕は向き合った。

彼はわずかに目を見開いただけで、それほど驚いた様子はなかった。

「菅原君か。どうしたんだい？」

当然、初対面ではない。昌也を水筒で殴ったとき、昌也が自殺したときの二回会っている。直接会話をしたことはあまりないけれど、お互いの顔は知っていた。

僕は持ってきたサバイバルナイフを取り出して、先端を校長の胸元に向けた。

五メートルの距離を挟んで対峙する。

「私を殺すのか？」藤本校長は微かに驚いた。「どうして？」

「人間力テストを終わらせるため」即答していた。「あの悪夢に、僕らは苦しんできた。どうせ、マスコミでも騒がれているんだ。新教育システムの弊害とか。アナタが亡くなれば、きっとテストも消える」

「なにか主張があるなら、言葉で訴えなさい。暴力ではなく」

「どうせ僕の言葉なんて誰も聞かない。代わりに岸谷明音がやってくれる」

藤本校長が意外そうに「ほぅ」と息をもらす。

「彼女を説得したのか？　キミが？」

「猫の死体送ってさんざん煽ったり、怒鳴ったりして、徹底的に心を折ったよ。国道沿いに落ちていた猫の死体を見つけて利用した時の自己嫌悪を教えてやりたいね」

「知りたくもない」

「墓前で説いてやるよ」

僕はナイフを両手で握り締める。これで校長の胸を突けば、確実に殺せるだろう。運動神経が悪くたって、凶器さえあれば勝てるはずだ。

必要なのは覚悟だけなんだ。

震えている場合じゃない。

自分を鼓舞させるために言葉を重ねていく。

「僕はただ幸せになりたかった。学校のスターになれなくても、教室のアイドルと付き合えなくても、みんなが笑い合う教室の片隅にいられれば良かった。昌也のイジメを止めさせたかった。人間力テストを、友人関係の地獄を壊したかった」

ナイフが揺れる。

「ただ、それだけでよかったのに」

「けれど、岸谷昌也は自殺した」藤本校長は低い声で言った。

僕は叩きつけるように叫んだ。

「そうだっ！　革命は失敗した！　だから、これが最終手段だ。僕はアナタを殺す。それで人間力テストを終わらせるっ！」

「それでいいのかい？　私を殺せば、キミは二年一組の教室には戻れないのに」

「望むところだよ」

僕は自嘲するように笑う。

「――昌也が人生を諦めたのなら、僕の人生も壊れないと不公平じゃないか」

だから、コイツを殺す。

全身の筋肉に力を込める。校長の心臓にナイフの狙いを定める。そして、地面を蹴り飛ばして、全体重を乗せて体当たりをした。

けれど、その前に校長が動いていた。

一歩だけ後ろへと下がる。

それだけであったが、まるで超能力のように僕は横に吹っ飛んでいた。誰かが僕に飛びついてきた。その人物は長い腕を使って、僕の身体に巻きついて関節技を極めてきた。

右腕に尋常でない痛みがはしった。

痛みに耐え兼ねて、ナイフを取り落とした。相手はさらに体勢を組み替え、僕を地面にねじ伏せてくる。冬の冷たいコンクリートに僕は顔を押しつけられた。

「いいかげんにしろ、たっきゅん！」彼女は僕の耳元で叫ぶ。今にも泣きそうな声だった。「物事の限度を考えろ！」

紗世さんだった。どうして彼女がここにいるかは分からない。

「アンタも裏切るのかっ！」僕は思わず怒鳴っていた。「なんでだよ！　なんで、誰一人として、僕の味方になってくれないんだっ！」

「うるさい！　最初の最初から、私はお前の味方だよ！」

彼女も対抗するように声を張り上げた。

僕はそこから力一杯に身体を捻ったが、紗世さんから逃れられなかった。力でも技でも僕が彼女に勝てる要因はどこにもなかった。

唯一の凶器であったナイフが校長に拾われる。彼はまるで汚いものかのように指先だけで持って、僕を見下ろした。その視線から僕は逃れなかった。

「キミのことは教えてもらっていた。彼女が私に伝えてくれたんだ。『彼は自暴自棄になっている』と。だから警戒していた」

首を強引に動かして、紗世さんを見る。彼女は小さく「ごめんな」と呟いた。

だとしたら、僕は本当に浅はかだった。香苗さんに必要以上の情報を伝え過ぎた。僕が人間力テストを恨んでいる事実を察し、紗世さんに相談したようだ。

「警察は呼ばないでおこう。これ以上大事にするのは誰のためにもならない」

校長は地面に片膝をつけ、這い蹲る僕をなだめるように語る。

「なぜこんなことを？　なぜキミはここまで人間力テストを恨む？」

「当然だろうが！」声を張り上げる。「最下位の気持ちは考えたことあんのか？　イジメられたやつのフォローはあるのか？　なんもねぇじゃねぇか！　昌也の嘆きも、石川さんの涙も僕は知っている！　恨む理由なんざ山ほどあるんだよ！」

地面に横たわりながら、みっともなく僕は喚いた。叫ぶことしかできなかったからかもしれない。あるいは、ただ単に悔しかっただけかもしれない。

失敗した。

結局、僕は何一つ成し遂げることができなかった。

抵抗しなくなったためか、紗世さんの締めが弱くなる。けれど、僕は抜け出す気はもう起きなかった。ただ情けなく、ただ惨めに寝転んだままだった。

藤本校長は紗世さんに退くように手で促した。

「別に何も考えなかったわけじゃない。人間力テストの順位が低かった人には、教員が個人的に連絡を取り、話を聞いていた。フォローだよ。特にあまりに評価から逃れようとする者には友好的な関係を築いた上で諭すようにしていた。『人と向き合え』と」

校長先生は僕の頬に触れ、顔についた砂を払った。

僕は呆然とその姿を見ることしかできなかった。

「……氷納先生が『ソーさん』だったのか？」

「その通りだ。キミのように著しく人間力テストの成績が低い者は、担任がネットを介してフォローする。彼ほど根気強く立派な教師はそういない。岸本明音に何度詰められようと教職の責務から逃げず、友達目線でキミを見つめ続けてきた」

「立派？」

告げられた評価が信じられなかった。

それと同時にプライベートを盗み見られていたような感覚に、気持ち悪さを抱く。藤本校長は僕と氷納先生のチャットを把握している。

口から「何言ってんだ……？」という悪態が出ていた。

「氷納先生は僕に興味なんてなかった。一度相談した時、ロクに取り合わなかった。昌也にイジメられている、と僕はハッキリと言ったんだ！」

「キミの話には信ぴょう性がなかった」

藤本校長が冷めた瞳で見つめてくる。

「報告自体は無論、学校全体で共有されていた。だが証拠も目撃情報もない。岸谷昌也に確認をしても『なんのことか分からない』と否定される。誰からも好かれる岸谷昌也と、人との対話を拒絶し続けてきた菅原拓。大人はどっちを信頼する？」

「は……？」

「当然『キミが嘘を吐いて岸谷昌也を貶めている』という可能性が考慮された。氷納先生が第三者を装って話を聞き出すことになった。数ヶ月後にはキミが昌也を水筒で殴り、やはり虚言だったか、と教員全員が納得した」

あまりに堂々と告げられた言葉は、常軌を逸していた。

間違っている、と反射的に息を呑んでいた。

そんな無責任な発言が許されるはずがない。教師が先入観で子供の発言を判断するなんて、あっていいのか。許されるのか。

「正しい正しくないの話ではない」

絶句する僕の心情を察するように、藤本校長が糾弾する。

「人を拒絶した人間が、他人から信頼されると思うな」

「……っ」

「人が生きる以上、他人の評価からは逃げられない。常に採点され続ける。終わりはない。子供だろうと、その運命からは逃れられない。甘えるのも大概にしろ！　何度諭されようとも悟らず、キミは勝手に絶望する！　氷納先生は『ソーさん』としてどれほど時間を費やしただろうね。なのにキミは一度か二度の失敗で人に失望し、心を閉ざす！　キミが信じられるのは『自分を嘲ってくれる他人』だけ。だから選択を間違え続ける!!　自分の思い通りに世界を変えようなどと思い上がる!!」

「………黙れよ……黙ってくれよ……！」

後だしジャンケンのように結果論を口にするな。

イジメに気づけなかったくせに。今更自己責任で突き放すな。氷納先生はお前の言うような立派な教師じゃない。何度も疎むような視線を僕にぶつけてきたんだ。

文句は山ほどあった。けれど、もう吐き出したくなかった。卑怯だ。今まで頼らなかったからだ。卑怯な大人を都合よく批判する卑怯な子供になってたまるか。

そして、それだけが僕に残された最後の意地だった。

革命に失敗した僕の、

どうしようもないほど無様な抵抗だった。

「加えて言えば」校長は僕に背を向けた。「人間力テストは来年になくなるだろう。岸谷昌也が亡くなった数日後には、教育委員会から勧告を受けていた」

「……」

「もちろん、人間力テストがなくても教室は同じだ。中学生は身勝手なカーストを作り上げ、点数をつけ合い、人格に順位をつけ、評価する。何も変わらない」

藤本校長が告げた言葉に打ちのめされる。

――人間力テストは終わる予定だった。

だとしたら昌也の死後に奮闘してきた僕の行動には何の意味があったのか。たった一人で地獄を耐えてきた日々の意義は？

「菅原君、キミは全てを間違えているんだよ」

感情味がない藤本校長の声が駐車場に響く。

それだけ漏らすと彼は満足かのように、自分の車の方に歩いていく。僕の殺人未遂なんて最初からなかったように、悠々と立ち去っていく。

決して僕とは相いれない男の背中をぼんやりと見つめる。

彼の言葉通りなら―― 一層、僕の行動に意味はない。

人間力テストがなくても教室の地獄は続く。

石川さんは友達の重さに苦しめられ続ける。

なんて惨めな革命の終わりなのだろう。あまりに浅はかだった僕の行動。

「僕は……」無意識に口にしていた。「幸せになれるんだろうか……？」

「今のキミならば分かるだろう？」

にべもなく藤本校長は口にし、やがて視界から消えていった。

僕は冷たい駐車場の真ん中で、ただ泣くのを必死に堪えていた。

・・・

所詮、すべてはこんなもんだ。

救いようもないバッドエンドだ。

・・・

さて、これで僕の物語は終わりだ。

浅はかで、情けなく、惨めな革命だったろう？

素晴らしいじゃないか。予告に違わないクズっぷり。

中途半端に思っただろう。

僕の成長はなし。昌也が自殺した意義もなし。

けど、そんなこと知らないよ。全てがどうでもいいじゃない。

だって革命は完全に失敗したんだから。僕は殺人未遂まで起こしたんだから。

たった一人の親友は、僕が死なせてしまった。

初恋の相手も、僕が徹底的に傷つけた。

酷い結末だ。だから終始、嘲笑ってほしいんだ。

浅はかな僕の考えをどうか蔑んでほしい。親友にイジメられ、級友からは『死ね』と叫ばれ、日本中から自殺を願われる、そんな僕を徹底的に蔑め。それが僕がキミに望むことだ。

教訓があるとすれば、『僕みたいになるな』としか言えないね。

こんな物語に意味はない。ゴミみたいな物語だ。

クズの人生なんて何一つ語る価値なんてないのだ。

僕は知っている――だったら！

「……どうして僕は今まで語ってきたのだろう？」

「誰かに聞いて欲しかったからだろ？」紗世さんの声が聞こえた。

セカイノオワリニ

「誰かに聞いて欲しかったからだろ？」紗世さんの声が聞こえた。

そう言われるまで、僕は独り言をぶつぶつと呟いている自分に気がつかなかった。無意識に語っていたらしい。生き恥を晒している。慌てて口元を押さえる。この無様な語りは癖だった。僕のような社会不適合者が、それでも世界に馴染むための。

僕の正面では、紗世さんが微笑んでいる。

すべてを悟った表情が気に食わない。だが、反抗する気力は残っていなかった。

「たっきゅん、お前はクズにはなれないよ。こんなに人間が大好きなんだから」

紗世さんがおかしそうにからかってくる。

「結局、人殺しもできなかったじゃないか。なんだよ、あのナイフの使い方。私が手を出さなくても、相手の身体からは外れていたよ」

「……」

「言っただろう？　お前はもっと甘えていい。お前の物語をもっと聞かせてくれよ」

「どうして……？」

とてつもなく訊きたかった。口元から手を離す。

「紗世さんは僕の味方なんですか？」

励ましてくれて、香苗さんと会う時も僕の望みを叶えてくれた。

彼女は本当に最初から僕の味方だった。

「あの校長が嫌いだから」

彼女はイタズラっぽく微笑んだ。

「教育学部の学生だしな。あの人間力テストなんて大嫌いだったし、それに傷つけられたような生徒を見捨てられるかよ。私はあのアイツの姪なんだ」

「姪？」

「藤本紗世ってのが、私の本名なんだ」

その情報を知らされた時、声が出てしまった。

苗字を名乗らない人だと思ったが、藤本校長の姪だったのか。

だとしたら岸谷香苗さんはかなり頼りにしたに違いない。特別な伝手があるんじゃないか、と期待して、パートナーに選んだのだろう。

「けど、それはショッピングモールでお前に話しかけた理由に過ぎないよ。些細な話。今も応援し続けるのは『お前のファン』だから。それ以上の理由はないいな」

「適当すぎませんか？」

「昌也も言っていたじゃないか。『お前の言葉を信頼するな』って。だから私はお前がイジメをしていたなんて信じなかったし、クズだとも思わなかった」

あっさりと告げてくる紗世さんを、呆然と見つめ返してしまう。

――『菅原拓は悪魔です。誰も彼の言葉を信じてはいけない』

あの遺書をそんな解釈する人間がいるなど思わなかった。なんて間違った理解だ、と呆れる。岸谷昌也は僕を恨んでいたに違いないのだから。

いや、と心のどこかで誰かが訴える。

その解釈は果たして間違っていると断言できるのか？

「だから――お前はもう、クズになろうとしなくていい」

紗世さんは歩道橋の時よりもずっと優しく僕を抱きしめてきた。

彼女の腕の中で僕は指一本さえ動かすことができなかった。身体中の力が抜けて、ただ呆然とするしかなかった。告げられた言葉に、打ちのめされた。

なにか喚きたいのに、声がどうしても出せないような、不思議な感覚に包まれる。

否定しなければならない。

本能が何かを警告している。都合のいい事実を受け入れてはならない。クズがそんなものを望んではいけない。

そもそも彼女は僕のためとはいえ、校長の殺害を邪魔してきたではないか。期待した人には裏切られる――十四年の人生でずっと魂に刻んできた。

「……やめてくれよ」僕は口にした。「僕なんかに愛を注いで、どうすんだ。そんな慰めなんか無意味なんだよ」

「本当にそうか？」

「そうだよ!!」

「お前はやり直せるんだよ」

紗世さんは諭すように語りかけてくる。

「昌也は遺書でお前の名前をわざわざ日本中に公開した。改名手続きができるかもしれない。今、お前は母親と音信不通なのか？　そうか、辛いな。けど、もうお前は誰も守る必要なんてない。これを機に行政から支援をもらえよ。そしてお前が憎んでいた人間力テストは、昌也が亡くなって廃止だ」

紗世さんは優しく囁いた。

「もうお前は、闘う必要なんてない」

温かな彼女の腕に包まれ、過去の記憶がフラッシュバックする。

弾ける線香花火のように、子供の頃からの記憶が脳内に浮かんでは消えていく。

父親には存在を疎まれ、何度も蹴られて毎晩毎晩、外で震えながら眠っていた。母は僕の手を引き、必死に逃げた。生活は悪化した。風呂の入りかたも教えてくれず、服もロクに買ってもらえず、小学校では誰からも遠ざけられた。家のポストに積もる未納通知と督促状。母は僕の身体を抱いて、何度も押し掛ける大人を追い返し続けた。母を守ろうと思った。たとえ「お前なんか産むんじゃなかった」と罵られようと構わない。他にいない。友達や教師に白い目を向けられようと、構わなかった。母と一緒に腐り続ける。ダメになり続ける。部屋に置かれた布団に生えるカビが、僕らの身体を侵食する。

クズとして生きることが処世術だった。

ヒビが入ったマグカップを雑に扱っても心が痛まないように、自分を大切にしなければ、どんな地獄でも肯定できる。藤本校長の言う通りだ。僕は自分を攻撃する人間だけを信頼できる。

――『お前も自分の可能性を諦めるなよ。本当はどこへだって行けるんだ』

けれど、そんな僕の気持ちを見透かすように、鼓舞してくれる少年がいた。

全部、彼の計算通りだとでも？

結果的に僕は新たな人生を踏み出せる。学校中の嫌われ者だった僕は、彼の死によってその地位さえ失った。『悪魔』として日本中に謗られた僕は、母親からも見捨てられた。人生をやり直すしかない。たとえ悪魔だろうと、十四歳の少年を日本の福祉が見放せるはずがない。僕はどこにでも行ける。実名を晒された僕は名前を変え、住む場所を移し、成長に合わせて顔の印象を変えられる。

彼は自らの死で人間力テストさえ終わらせた。教室の地獄を日本中に喧伝（けんでん）した。

全て彼が思い描いていた通り？

昌也は自身に絶望して自死を選んだが、最後に過ちを悔い、僕の幸せを願った？

歪んだ家庭を持つもの同士が支え合う「拓昌同盟」を、昌也だけは破らなかった。だからこそ『裏切り者』と僕を罵った。

くそくらえ！

「そんなこと、昌也は望んでいないっ!!」

都合のいい妄想を振り払うように叫んだ。

「昌也は僕を恨んでいた！　復讐を願った。他の真実なんてねぇんだよ!!」

「彼の内心なんて誰にも分かりようもない」

「勝手な解釈すんじゃねぇ！　昌也は僕の破滅を望んでいるんだ！」

「それだってお前の解釈だ。お前が香苗に語った言葉にも、真実の保証なんてない」

「やり直しなんて僕も望んでいないんだよっ!!」

喚き散らしながら、紗世さんの身体を突き飛ばす。

見上げる紗世さんの背後には、夜空が見えた。最悪の街から見上げる夜空には、星なんてない。僕が本物の星空の下に立つことはない。絶対に辿り着けない。

けれど、本当にそうなんだろうか？

僕の濁った眼では見えないだけで、今も無数の星が輝いているとでも？

星たちの関係を人が勝手に「星座」と呼んだように、僕と昌也の関係に世界は「加害者」と「被害者」というラベルを貼った。隣り合って見える星が実は何億光年も離れているように、同じ教室にいた僕と彼の心の距離は無限に遠かった。彼と過ごした日々はプラネタリウムの星空より美しかったのに、僕が完膚なきまでに破壊した。

「僕の、望みは……っ！」

喉を震わせるが、その先の言葉なんて最早(もはや)言うまでもなかった。

教えてくれよ、と叫びたかった。

昌也、キミは何を思って死んだんだ？

語ってくれ。かつてのように公園のベンチで、何時間でも。

嘲っても構わない。蔑んでも構わない。僕の隣にいてくれれば、何をしてもいい。

僕を見て欲しかった。

僕の言葉を聞いて欲しかった。

どんな些細なことでもいいから、何度でもキミと語り合いたかった！

「僕の望みは、ただそれだけでよかったのに……！」

途端に呼吸がしづらくなって、目頭が熱くなって、全身の筋肉が震えていった。次の瞬間には、涙がでてきて止めようもなくて、紗世さんの服を握り締めていた。

泣くのは最後だと決めたのに。

紗世さんが僕に優しく笑いかけながら、再び抱きしめてくる。

僕はその紗世さんの温もりを感じながら、いつまでもいつまでも泣いていた。

クズはハッピーエンドに辿り着けない。けれど、この革命の終わり方は、完全なバッドエンドとは違うようだ。

だって、こんなにも温かいのだから。

あぁ、だとしたら、僕はもうクズをやめたのかもしれない。

長い革命の果てに、唯一僕が辿り着けた答えだった。

だから僕はきっと幸せになれる。

Special episode

岸谷昌也に関わる事件から八年が経った。

わたし──岸谷香苗は、三十歳になった。第一子を産んだ。

あっという間と言う他なかった。大学卒業後は「このまま定年まで満員電車生活かぁ」と退屈な人生を嘆いたのが、実際は波乱の日々。入社した食品メーカーはブラック企業だった。営業職に回されたわたしは毎日残業に揉まれ、景品表示法スレスレの健康食品を公民館や市民祭で高齢者に売りつける仕事を命じられた。更には上司からのセクハラも連日のようにあり、転職を決断。久世川市の実家に戻り、グループホームに就職。介護福祉士の資格を目指しながら、介護の日々に明け暮れた。

夫はグループホームの訪問客だった。毎週のように祖父を見舞う彼の人柄に惹かれ、わたしからアプローチをかけて結婚までこぎつけた。

体重三千百グラムの元気な男の子を産んだ頃には、わたしは二十九歳。四六時中ぎゃんぎゃんと泣く赤子を、夫と一緒にご機嫌を取るうちにもう一年が経過。育児休暇は間もなく終わる。これからは育児と労働がセットだな、と新たな闘いの覚悟を決める。

「なんていうか、立派な母親してんな」

そうコメントしてくれるのは、家までやってきてくれた紗世。

同じく三十歳になった彼女は結婚の気配もなく、仕事に生きている。一時期は高校教師をやっていたようだが、途中で転職して、不登校児などに勉強を教える民間企業で働いている。守秘義務も多いらしくあまり語らないが、毎日が大変のようだ。

テーブルにはワインとチーズ。子供の寝かしつけは夫が買って出てくれたので、穏やかな気持ちでワイングラスを傾けた。

紗世は昼間たっぷりと息子と遊んでくれ、夜はわたしの晩酌に付き合ってくれる。

「人生の早さにゾッとする」

チーズを口に放って、息を吐いた。

「感覚としては、大学卒業二年目って感じ。気づけば、子持ちかぁ」

「私も信じられん。香苗がお母さんなんて」

「ね。社会人八年だよ、八年。中学高校の合計よりも長いんだよ？」

時の流れの早さに驚愕するコメントを交わすと、わたしの空いたワイングラスに紗世が新たなワインを注いだ。

「実際どうなの？　子供を持ってみた気持ちは」

グラスの縁を指でなぞり、うーん、と唸る。

「真面目なこと、言っていい？」

「どうぞ」

「子育て意味不明すぎ」

　グラスの中身を一気に飲み干し、早口で吐き出した。

「情報の津波に揉まれちゃってるよ。赤子の時はジェンダーレスの服を着せるのが今の時代は正しいのかなぁ、って洋服売り場で毎回悩む。『ＳＮＳなんてデマばかり』って分かっていても、『輸入品は危険！』って書いてあると息子には与えられない。子供の自己決定権は大切にしたいけど、習い事や幼稚園なんて親が決めるしかなくない？」

「酒のペース、早すぎ」

「あの子が中学生になった時不安に思うんだよ——生きて、いけるのかなって」

　ワインボトルに手を伸ばしたが、サッとボトルを奪われる。

　代わりにグラスにはミネラルウォーターを注がれた。ワインの残りと混じって、赤く濁った液体。雑なのが紗世らしいな、とぼんやり見つめる。

　わたしの心配が大袈裟だとは思えない。脳裏にあるのは、弟の笑顔。

　忘れることはない。八年前にこの家で命を絶ってしまった弟。生きていれば、二十二歳。一緒に酒を酌み交わせる歳だ。

　自分の息子もいずれ中学生になる。久世川中学に通うかもしれない。親の手がかからなくなり、一人の時間が増える。スマホを手にする。進路と向き合う。教室でクラスメイトたちと人格を評価し合う。ＳＮＳのフォロワー数に一喜一憂する。

十一年後の中学校なんて、まるで想像もできなかった。

そういえば、と紗世が口にした。

「私、菅原拓と今でもたまに会っているんだ」

唐突な情報に「本当？」と目を剝く。彼女は「今の香苗の言葉で思い出したんだ」と小さく笑う。「ずっと言ってなくてごめんね」

「いや、それは全然いいけど」

「香苗も会ってみたらどうだ？　事件以来、話してもないんだろ？」

突然の提案に固まってしまう。

確かにわたしは彼と事件以来会っていなかった。

「唐突だね。どうして急に？」

「香苗も大人になったなぁって思って。今の拓とどんな会話をするか、気になる」

「えー、そんなふわっとした理由で会っていい関係？　わたしと菅原君って」

「どうせ向こうも会いたがってるよ。香苗自身にとっても、たまには違う人と会った方が刺激になるんじゃないか？　少し疲れているみたいだしさ」

菅原君に会う方が子育てより負担が大きそうで、気が乗らない。

うーん、としばらく腕を組んで、考え込んでしまう。

やがて「確かに今どうしているかは気になる」と呟いていた。

親に見捨てられて『自身はクズだ』と自分を諦め、学力もなく身体も貧弱、更には他人との交流を拒絶していた少年。不謹慎かつ失礼な話だが、子供を持つ親という視点から見て、大人になった彼の姿は興味がある。

まさかの提案に、ふっと笑ってしまった。

「なんか紗世って、ずっと菅原拓に肩入れしているよね」

「自分でも分からないよ。アイツ本人にも聞かれたけど、適当に誤魔化したな」

紗世は居心地悪そうに肩を竦めている。

しばらくチーズを食べ続けるだけの静かな時間が続いて、ぽつりと彼女が言った。

「学生時代、不器用だった幼馴染を思い出すからかも」

納得しきれない因果に、何も言葉が返せなかった。

・・・

紗世はすぐに菅原君と連絡を取ってくれた。

以下が彼らのやり取り。

《岸谷香苗に会え》
《嫌です》
《岸谷香苗に会え》
《嫌です》
《岸谷香苗に会え》
《………分かりました》

全然会いたがってなさそうだった。

・・・

一週間後、わたしは菅原君がいる東京に向かった。

母さんには「大学の友人に会う」と伝えた。息子の面倒をお願いすると、母さんは快く引き受けてくれた。孫を溺愛中のお祖母ちゃんなのだ。出かける時はニコニコの笑顔で息子と一緒に積み木を楽しんでいた。「昌也の赤ちゃんの時にソックリ。賢くなるよ」と何度も頭を撫でている。「賢くならなくたっていいけどね」と付け加えて。

家から出る際、テーブルにあった大量の入学案内が目に入った。

気が早い母さんは私立幼稚園や私立小学校の入学案内を大量に集めている。

その入学案内の端に藤本校長の写真があって、面喰らってしまった。定年退職で久世川中学を去ったあとは、私立小学校の副校長をやっているらしい。

『教育に正解はない』というのが、入学案内に載っている彼の言葉。

それも真実なのかな、と思ってしまう。

激動の時代に正しい教育法なんてない。教育者は新たな指導法を模索し、常にやり方を変え続ける――時に取りこぼされる子供を出しながら。

・・・

菅原君は事件後、児童相談所に保護された。

彼の母親と連絡が取れなくなり、児相は彼の一時保護に踏み切った。十四歳の彼は言わずもがな、児童として守られる対象。それでも菅原拓という存在をどう保護するかは、かなり児相職員も思い悩んだようだ。

その時期に紗世と児童相談所を訪れた。真実を話さなければ、と考えた。昌也の名誉を気遣う菅原拓のことだ。僕は昌也をイジメていました、などと嘘の証言をしかねない。

その予想は正しく、わたしたちの言葉を聞いた児童福祉司は目を丸くしていた。岸谷昌也の姉であるわたしの言葉は真実味があったようで、なんとか信じてくれた。

――菅原拓は、児童自立支援施設に入所が決まった。

まずは彼を世間から守らねばならない、と児相職員は判断したようだ。非行少年のような扱いだ、と紗世は渋い反応をしていたが、最終的には納得していた。彼に面白おかしく付き纏う記者やネット配信者は多かった。彼を守る上で施設入所は適切だ。

菅原君からは一度ハガキが届いた。「ありがとうございました」という短い言葉。以降は、わたしと彼は一度も連絡を取っていない。

菅原君は東京都内の郊外に暮らしていた。

『東京・家賃が安い穴場の町ランキング』と検索すれば、上位に出てくる町。駅前はごみごみとした飲食店が連なり、少し駅から外れれば、築年数が古そうなアパートが連なっている。昔からの下町だ。醤油とカレースパイス、生ごみと下水が混じり合ったような、生活の匂いが漂っている。

菅原君が暮らしている町に興味があって、その駅周辺を待ち合わせ場所に指定した。マスタードが効いた美味しい卵サンドを出す店がある、と彼が紹介してくれた喫茶店に向かう。

「香苗さん」

コーヒーの香りが充満する、昔ながらの店。入った時、すぐに声をかけられた。タバコの煙で変色した壁の前に、一人の青年が立ち上がって手をあげている。

菅原君だと一目では分からなかった。髪が短く切り揃えられ、大きな眼鏡をかけている。身長もかなり伸びていて、中学生の気弱な印象は消えていた。喫茶店の仄暗い照明のせいで微かに陰気な印象を受けるが、不気味だった中学生の時ほどではない。

「すがわ――」

名前を呼ぼうとして、中断する。児童自立支援施設時代、弁護士に相談をして彼は名前を変えているのだ。

かつて紗世が使った、あだ名で笑いかける。

「――たっきゅん」

「その呼び名はやめてもらえません？」

菅原君が露骨に顔をしかめたので、噴き出してしまう。

公的な場で本名で呼ばないよう紗世が付けた名だが、彼は気に入らないらしい。

「今は学生？」

コーヒーと卵サンドを注文して、壁際の席にいる彼の前に腰を下ろした。

既にコーヒーを頼んでいた彼は、カップを手に「いいえ」と首を振った。

「ずっと働いていますよ。一年くらい児童自立支援施設にいて、次は児童養護施設。高校には通わず、フリーターをやっていました。もう学校はコリゴリです」

「今は一人暮らし？　バリバリ働いているんだ」

「一人です。色々やってますよ。動画編集だったり、アダルトゲームを作ったり。パソコンで請け負える仕事でやれそうなことを片っ端から試して」

特定の企業に就職せず、フリーランスとして生活を送っているようだ。自分一人が生きていける生活費は稼げているという。

立派に違いないが、少し心配になってしまった。高校・大学・就活・就職という分かりやすい人生ルートを辿ったわたしは、どうしても疑いの目で見てしまう。

「……もしかして、まだ人目を避けてる？」

「僕自身の性格の問題です」

あっけらかんと菅原君は答えた。

「少なくとも、例の事件の当事者として見られることはないですよ」

「それなら良かったけど」

「もちろん、今も僕を追いかけている人もいますけど」

菅原君はポケットからスマホを取り出し、一つのサイトを見せてきた。

見た瞬間、背中を冷たいもので撫でられた心地になる。

それは、かつて大事件を起こした加害者の情報を集める匿名掲示板だった。イジメ事件や平成初期の少年犯罪加害者の名が連なっている。本名や現住所、目撃情報が頻繁に書き込まれているようだ。

菅原拓、という名も見つけた。最終更新日は、二週間前。

「酷いね、これ。誰が更新しているんだろう?」

「僕です」

「……はい?」

「僕が率先して、偽の情報を流しています。叩く人は、情報のソースなんて気にしませんよ。画像はＡＩで生成して編集ソフトでボカして、それっぽくしています」

書き込まれていた情報は『菅原拓は大阪で半グレ集団と仲良くしている』という話だった。悪そうな目つきの菅原拓似の少年が映っている。サイト下部には《有力情報、よくやった！》《クズはやっぱりクズだな》とコメントが続いている。

「自由な生活を送れていますよ」

イタズラっぽく菅原君が微笑んでいる。

彼の方が一枚上手だった。いまだ彼を追う人は偽情報を信じ込み、大阪で半グレの噂でも集めているのかもしれない。

幸福そうな彼を見つめ、安堵の息が漏れていた。

「もう当時の知り合いとは一人も会ってないの？」

「会いたくもないので。現住所を晒されそうですもん」

「そっか。石川琴海ちゃんとも？」

「ええ、会えば迷惑をかけるかもしれませんしね」

「今なら大丈夫じゃない？　寂しがっているかもよ」

「まさか。元気に大学生やっていますよ。東京の出版社に就職が決まったみたいです」

「……チェックしているんだ、ＳＮＳ」

「……今のは失言でした。気持ち悪がらないでください。一度見てしまっただけ」

決まり悪さを隠すようにコーヒーカップを口に持っていく菅原君。

彼らしいな、と頬を緩めてしまう。

近況を詳しく聞いたが、かつての生活を完全に切り離しているようだ。

――実の母親は捜してもいないという。

久世川市の外でまた福祉支援を受けている、というのが彼の推測。捜せば会えるだろうが、控えているようだ。中学生当時は共依存だった自覚があるという。岸谷昌也の死は、そこに本人の意図があったか不明だが、菅原拓が自立する大きな契機になった。

わたしは届いた卵サンドを齧りながら、彼を観察する。

白シャツとグレーのジャケット、黒のパンツ。ファストファッションに包まれた彼は一見、小奇麗に見える。だが注意深く見ると、服の端々がほつれているのが分かった。頻繁に買い換える余裕がないのかもしれない。

——あまり良い暮らしはしていないのだろうか。

我ながら性格が悪いが、やはり不安になってしまう。

中卒、職歴なしの二十二歳。頼れる親戚もなし。パソコンで受ける仕事も話を聞く限り、報酬は高くないはずだ。今は良くても病気などのリスクを考慮しているのか。

今度はわたしが結婚や出産の話をすると「おめでとうございます」と笑う菅原君。

彼の人生を壊したのは弟なので、胸が苦しくなる。弟が亡くなった原因は彼にあると言えなくもない事実が今でも複雑にわたしの感情を曇らせるのだが、それと同時に負い目が胸にある。

「お兄さん」

歯がゆい感情に駆られている時、幼い子供の声が飛んできた。

振り向くと、ランドセルを背負った八歳くらいの男の子が立っていた。利発そうな子だ。小動物のような大きな瞳で、菅原君を見つめている。

「人と会っているなんて、珍しいね。恋人？」

菅原君の知り合いらしい。

菅原君は「違うよ。友達のお姉さん」と男の子に優しく手を振った。

男の子は一層目を丸くした。

「友達いたんだ、お兄さん」

「失礼な」

「だって、普段ずーっと一人だもん」

「実はいるんだよ」菅原君は苦笑する。「とびっきりの親友が」

彼らに気づかれないよう、わたしは拳を握り込む。じんわりと目頭が熱くなる。

ランドセルの男の子は一瞬キョトンとし、楽しそうに菅原君に話し続けた。

「今日も食堂に来る？」

「うん。またゲームでボコボコにしてあげよう」

「嘘。一度も勝ったことないじゃん。美人の前だからって見栄張ってんの？」

からかうように言って、男の子は喫茶店の外に飛び出していった。学校帰りに窓から菅原君を見つけて駆け込んできたようだった。

「今のは誰？」

「子ども食堂によく来る子です」

菅原君が照れくさそうに笑った。

「ボランティアで食堂を手伝っているんです。あと少ししたら、仕込みを手伝いにいかないと。今日は豚汁の予定だから」

「子供に好かれているんだね。なんか意外かも」

率直な感想を漏らすと、菅原君は「まさか」と苦笑した。

「あの子以外からは不気味がられていますよ。暗い性格なんで」

「じゃあ、どうしてあの子だけ？」

菅原君はちらりと周囲に視線をやった。喫茶店のマスターは一心不乱にグラスを拭いている。お客さんは他にいない。

彼は「秘密ですよ」と念押しして、声のボリュームを落とした。

「あの子、虐待を受けていたんです」

息を呑む。全くそうは見えなかった。

菅原君が哀し気に頷いた。

「頻繁にお義父さんに殴られていたようで。学校から通報があって児童相談所の職員が来ても、お母さんが追い返しちゃうんですって。お義父さんの機嫌を損ねないようにって。彼の腕にあった痣を見つけた時、そう事情を聞き出しました」

「そうなんだ……それで菅原君はどうしたの？」

「我慢なりませんでしたよ。すぐ家に突撃しました」

突然の大胆な行動に驚愕する。思わず身を乗り出した。

「凄いっ。正義のヒーローみたいだね……！」

「その結果、僕は全治半年の重傷を負いました」

「え？」

「家に押しかけて『テメーは最低な親だな』って怒鳴ったんです。そしたら『なにぶつぶつ喋ってんだ。聞き取れねぇよ』ってお義父さんに殴られちゃいました。鼻骨が砕けて、頭を打って血が大量に出て、即救急車ですよ。死にかけました」

「…………」

恥ずかしそうに明かす菅原君。

正義のヒーローとは程遠い無残な返り討ちに、適切なコメントが浮かばない。なんの考えもなしに突撃したのか、と呆れていると、菅原君が補足した。

「その結果、お義父さんは逮捕されましたけどね」

もしかして――。

義父から殴られることは想定の内だったのだろうか。児童相談所には、警察ほど市民の生活に介入できる権限がない。刑事事件に発展させて警察を巻き込むのは、リスクはあれど手っ取り早い。大惨事になりかねないので、正気の沙汰とは思えないが。

無論本当のところは不明だ。本人も明かしてはくれないだろう。

「今は塀の中です。しばらく出て来られません」

逮捕された男の子の義父は、他にも覚せい剤所持が発覚したという。傷害事件の罪状含めて現在は塀の中にいる。

とにかく男の子は救われ、以来菅原君に懐くようになったらしい。

「キミに後遺症がないなら、結果的には良かったね」と苦笑を零した。

「嫌われる才能だけはあるみたいです」と語る菅原君。「紗世さんには秘密にしてくださいね。絶対怒られるので」

自身の命を危険に晒す禁じ手だった自覚はあるようだ。

他のことを話すうちに、あっという間に一時間が過ぎた。卵サンドが美味しかったのでおかわりし、彼とシェアした。

そろそろ子ども食堂に行かないといけない、と菅原君が席を立った。

「今晩は、食堂でプラネタリウムの上映会を行うんです」

駅まで送ってくれる道中、彼は楽しそうに語り続けている。

「僕のお手製のプラネタリウムですけどね。解説も僕がやるんですよ」

中学生だった頃の彼にはなかった爽やかな笑顔だった。

――クズをやめ、人と向き合い出した少年。

凡庸、と言う人もいるかもしれない。クズはある意味で彼の個性だった。それを捨ててしまい、何が残るのか。家族も友人も恋人もなく、ロクな収入も資産もない。仄暗い過去を負う、東京の端で今を生きるだけの若者。

けれど、世の中には借り物の物差しでは測れない生き方もある。

学力テストでも、人間力テストでも、きっと菅原君の人生を評価できない。

「キミに救われたな」と彼の隣で笑顔を零す。

彼と出会い、心からそう思えた。

子育てをするわたしは、これからたくさんの失敗をするだろう。後悔をするだろう。

けれど、受け入れればいい。どうせ完璧には生きられない。

子供が生きてさえくれれば、それでいい。

どれだけ人生に挫けても、他人に嘲笑われても、今この瞬間を健やかに生きる彼がいる。彼の存在自体が、わたしのつまらない価値観をひっくり返す、一つの革命だ。

不思議そうにする菅原君に、わたしは小さく笑いかけた。

「ま、親心としてはキミみたいに育ってほしくないけどね」

「それは僕も同感ですよ」と菅原君は心地よさそうに笑う。

・・・

岸谷香苗さんとは、駅の改札で別れた。

ふぅ、と僕は大きく息を吐いてしまう。久しぶりの再会なので、緊張してしまった。きっと彼女が複雑な胸中で僕に会ってくれたように、僕もまた複雑な心境なのだ。

「今別れたところですよ」

無理やり引き合わせた紗世さんに電話をかけた。

《どうだった？　八年ぶりの会話は》

からかうような紗世さんの声。

どっと疲れた、と文句を伝え、彼女の問いに返す。

「一言じゃ言い表せませんよ。とにかく胃が痛かった」

《その割には、卵サンドをおかわりしたんだろ？》

「香苗さんからも報告を受けているんですね。向こうはなんて？」

《一言じゃ言い表せないって》

「……でしょうね」

駅で僕と別れた瞬間、スマホに文字を打ち込んでいる香苗さんの姿が思い浮かんだ。果たして彼女は僕との再会に満足してくれたのだろうか。

駅前のベンチに座り込んで、大きく息を吐いた。目の前には、バスが頻繁に出入りするロータリー。無数の学生がバスに乗り込んでは消えていく。

「謝罪してほしかった、とか？」

バスの最後尾で会話している学生たちの姿を見つめながら、ふと尋ねる。

「今更、僕と香苗さんを引き合わせた理由。やっぱり、それですか？」

《謝りたかったのか？》

「自分でも分かりません。ただ、負い目くらいはありますよ」

喫茶店に向かう時、開口一番に謝罪するべきだろうか、とも考えていた。香苗さんと目が合った瞬間、相手は望んでないと察して言えなかったが。

「香苗さんには言わなかったですけど、人に怯えていないと言えば嘘になりますよ。ずっと恐い。新しい人と知り合えても、過去の事件のことで拒絶されやしないかって」

完全に過去の事件を忘れられる超人じゃない。子ども食堂の彼だって、僕の過去を知れば嫌うだろう。その評価を完全に無視できるほど、僕はクズになりきれなかった。

《単純に会わせたかっただけだよ》

紗世さんの温かな声が聞こえてくる。

《この前、香苗に会った時気づいたんだ。あの姉弟、目元のあたりが似ているんだよ。昌也が大人になったら、香苗みたいな大人になっていたのかなって》

告げられて、言葉が詰まってしまう。

同じ発想が頭に過っていた。香苗さんの顔を見ながら、僕も昌也の面影を探していた。

「……残酷なことをしますね」

《でも悪い心地じゃなかっただろ？》

そう優し気な言葉を残して、紗世さんとの通話は切れた。

確かに、と息を零してしまう。ふと親友の顔を思い浮かべた。

――キミと会話しているみたいだった、なんて言わないけどさ。

月日が流れ、あの頃の自分より成長したのに、この癖だけは変わらない。

僕は何度だって語りかけてしまう。

記憶の中にある、ベンチに座っているキミに。

――ほんのちょこっと嬉しかった感情はあったかもしれないね。

もちろん返答はない。嘲笑の声さえ聞こえない。何年の月日が流れようと、それだけでいい、とかつての僕が強く願った奇跡が訪れることはない。

駅前のベンチに腰を下ろしたまま、それでも何千回でも何万回でも呼びかける。

――こんな結末を見られないなんてね。ざまぁみろ。

悪態を吐きながら、僕はキミと生き続ける。

＜初出＞

本書は、2016年2月に電撃文庫より刊行された『ただ、それだけでよかったんです』を加筆・修正し、書き下ろし「Special episode」を収録したものです。

この物語はフィクションです。実在の人物・団体等とは一切関係ありません。

◇◇メディアワークス文庫

ただ、それだけでよかったんです【完全版】

松村涼哉

2023年12月25日　初版発行

発行者　山下直久
発行　株式会社**KADOKAWA**
〒102－8177　東京都千代田区富士見2－13－3
0570-002-301（ナビダイヤル）
装丁者　渡辺宏一（有限会社ニイナナニイゴオ）
印刷　株式会社暁印刷
製本　株式会社暁印刷

Printed in Japan
ISBN978-4-04-915535-8 C0193

メディアワークス文庫　https://mwbunko.com/

本書に対するご意見、ご感想をお寄せください。

あて先
〒102-8177　東京都千代田区富士見2-13-3
メディアワークス文庫編集部
「松村涼哉先生」係

◇◇◇